美文 三 十 年 精 选

人间风情万种

贾平凹 主编

美文杂志社 编

SPM
南方传媒

花城出版社

中国·广州

图书在版编目（ＣＩＰ）数据

人间风情万种 / 美文杂志社编. -- 广州 ： 花城出
版社，2024.2
（《美文》三十年精选 / 贾平凹主编）
ISBN 978-7-5360-9540-3

Ⅰ．①人… Ⅱ．①美… Ⅲ.①散文集－世界－现代
Ⅳ．①I16

中国国家版本馆CIP数据核字(2023)第175446号

出 版 人：张　懿
特约策划：穆　涛　王潇然
特约编辑：刘　云　程华松
责任编辑：许泽红　李嘉平
责任校对：汤　迪
技术编辑：凌春梅
封面设计：张年乔
封面插画：柠檬漫游

书　　名	人间风情万种 RENJIAN FENGQING WANZHONG
出版发行	花城出版社 （广州市环市东路水荫路 11 号）
经　　销	全国新华书店
印　　刷	佛山市浩文彩色印刷有限公司 （广东省佛山市南海区狮山科技工业园 A 区）
开　　本	880 毫米 × 1230 毫米　32 开
印　　张	8.625　　　1 插页
字　　数	180,000 字
版　　次	2024 年 2 月第 1 版　2024 年 2 月第 1 次印刷
定　　价	50.00 元

如发现印装质量问题，请直接与印刷厂联系调换。
购书热线：020-37604658　37602954
花城出版社网站：http://www.fcph.com.cn

目　录

第一辑

2　　　祁茂顺 / 汪曾祺

6　　　故园人影 / 张中行

13　　　笨花的黄昏 / 铁　凝

22　　　仿佛与君同行 / 莫　言

27　　　犹太三星 / 卞毓方

34　　　忆高崇熙先生

　　　　　——旧事拾零 / 杨　绛

37　　　洗牌年代（节选）/ 金宇澄

46　　　五行缺火 / 冰　心

48　　　缅怀吕荧师 / 张　华

56　　　干菜岁月 / 舒　婷

第二辑

64　　　巍巍金庸 / 余秋雨

74　　　汪曾祺：民间，风情万种 / 王国平

87　　　一个脑力劳动者的旅行 / 穆　涛

92　　　老舍与伦敦 / [英]罗宾·吉尔班克 著　胡宗峰 译

109　　铁凝印象 / 张守仁

119　　大地诗人 / [美]杰西·斯图亚特 著　田庆轩 译

126　　香　冢 / 王充闾

135　　我的日语启蒙老师海卓子 / 文洁若

141　　一种慰心的生活 / 阎连科

146　　三题任世德 / 陈忠实

154　　傻瓜的乐园 / 迟子建

第三辑

160　　写给母亲 / 贾平凹

163　　让母亲站起来 / 陈　彦

176　　二十年前的女性 / 苏　童

180 饺子，饺子 / 阿　莹

187 父亲：我人生中的第一位老师 / [埃及]叶海亚

194 在女儿婚礼上的讲话 / 贾平凹

196 儿子的出生 / 余　华

第四辑

204 说家常 / 孙犁（口述）　谢大光（整理）

214 邓稼先 / 杨振宁

221 由长沙致张兆和 / 沈从文

228 我说沈从文 / 王　蒙

232 黄土的儿子 / 王安忆

239 我的朋友鲁迅 / [日]内山完造

259 作家与手迹 / 彦火（中国香港）

第一辑

Part. 01

人 间 风 情 万 种

祁茂顺

汪曾祺

祁茂顺在午门历史博物馆蹬三轮车。

他原先不是蹬车的，他有手艺：糊烧活，裱糊顶棚。

单件的烧活，接三轿马，一个人鼓捣一天，就能完活。他在糊烧活的时候，总有一堆孩子围着看。糊得了，就在门外放着：一匹高头大白马——跟真马一样大，金鞍玉辔紫丝缰；拉着一辆花轱辘轿子车，蓝车帷，紫红软帘，软帘贴着金纸的团寿字。不但是孩子，就是路过的大人也要停步看看，而且连声赞叹："地道！祁茂顺心细手巧！"

如果是成堂的大活：三进大厅、亭台楼阁、花园假山……一个人忙不过来，就得约两三个同行一块儿干。订烧活的规矩，事前不付定钱，由承活的先凑出一份钱垫着，交活的时候再收钱。早先订烧活，都是老式的房屋家具，后来有要糊洋房的，要糊小汽车、摩托车……人家要什么，他们都能糊出来。后来订烧活的越来越少了，都兴火葬了。谁家还会弄一堂"车船轿马"到八宝山去？

祁茂顺主要的活就剩下裱糊顶棚了。后来糊顶棚的活也少了。北京的平房讲究"灰顶花砖地"，纸糊的顶棚很少见了——容易坏，而且招蟑螂，招耗子。钢筋水泥的楼房更没有谁家糊个纸顶棚的。

　　祁茂顺只好改行。

　　午门历史博物馆原来编制很少，没有几个职员，不知道为什么，却给馆长配备了一辆三轮车，用以代步。经人介绍，祁茂顺到历史博物馆来蹬三轮车。馆长姓韩。韩馆长是个方正守法的人，除了上下班，到什么地方开会，平常不为私人的事用车，因此祁茂顺的工作很轻松。

　　祁茂顺很爱护这辆三轮车，总是擦洗得干干净净的。晚上把车蹬回家，锁上，不许院里的孩子蹬着玩。

　　不过街坊邻居有事求他，他总是有求必应。隔壁陈大妈来找祁茂顺："茂顺大哥，你大兄弟病了，高烧不退，想麻烦您送他上一趟医院，不知您的车这会儿得空不得空？"

　　"没事，交给我了！"祁茂顺把病人送到医院。挂号、陪病人打针、领药，他全都包了。

　　祁茂顺人缘很好。

　　离祁茂顺家不远，住着一家姓金的。他是旗人皇室宗亲，是"世袭罔替"的贝勒，行四。街坊则称之为"金四爷"。辛亥革命后，旗人再也不能吃皇粮了。幸好他的古文底子好，又学过中医，协和医学院特约他校点中医典籍，他就有了稳定的收入。

　　贝勒府原是很大的四合院，后来大部分都卖给同仁堂乐家当了堆放药材的库房，只保留了三间正房。金四爷还保留一些贝勒的习惯。他不爱"灰顶花砖地"，爱脚踩方砖，头上是纸顶棚，四白落地。上个月下雨，顶棚漏湿了，垮下了一大片。金四爷找到了祁茂顺，说："茂顺，你给我把顶棚裱糊一下。"

祁茂顺说："行！星期天。"

祁茂顺星期天一早就来了，带了他的全套工具：棕刷子，棕笤帚，一盆稀稀的糨子，一大沓大白纸。这大白纸是纸铺里切好的，四方的，每一张都一样大小，不是要用时现裁。

金四爷看着祁茂顺做活。

只见他用棕刷子在大白纸上噌噌两刷子，轻轻拈起来，用棕笤帚托着，腕子一使劲，大白纸就"吊"上了顶棚。棕笤帚抹两下，大白纸就在顶棚上待住了。一张一张大白纸压着韭菜叶宽的边，平平展展、方方正正、整整齐齐。拐弯抹角用的纸也都用眼睛量好了的，不宽不窄，正合适，棕笤帚一抹，连一点褶子都没有。而且，用的大白纸正好够数，不多一张，不少一张。连糨子都正好使完，没有一点糟践。金四爷看着祁茂顺的"表演"，看得傻了，说："茂顺，你这两下子真不简单，眼睛、手里怎么能有那么准？"

"也就是个熟。"

"没有个三年五载，到不了这功夫！"

"那倒是。"

金四爷给祁茂顺倒了一杯沏了两开的热茶，祁茂顺尝了一口："好茶！还是叶和元的双窨香片？"

"喝惯了。"

祁茂顺告辞。

"茂顺，别走，咱们到大酒缸喝两个去。"

"大酒缸？现在上哪儿找大酒缸去？"

"八面槽不就有一家吗？他们的酥鱼做得好。"

"金四爷，您这可真是老皇历了！八面槽大酒缸早都没了。现在那儿改了门脸儿，卖手表照相机。酥鱼？可着北京，现在大概都找不出一碟酥鱼！"

"大酒缸没有了？"

"没有喽。"

金四爷喝着茶，连说了几句："大酒缸没有了。大酒缸没有了。"

很难说得清他的话是什么意思。

原载于《美文》1994 年第 3 期

故园人影

张中行

　　《老子》第八十章曰："小国寡民。使有什伯（十百，多种）之器而不用；使民重死而不远徙。虽有舟舆，无所乘之；虽有甲兵，无所陈之。使民复结绳而用之。甘其食，美其服，安其居，乐其俗。邻国相望，鸡犬之声相闻，民至老死不相往来。"我有时很欣赏这段话。不是对"发达"以及现代化的享受有什么可以一言以蔽之的意见，而是对自己经历的相去日已远的过去有些怀念。这过去，有人，有地，有事，自然未必都是可意的，但"家有敝帚，享之千金"，有些竟是常浮上心头，忘不掉。索性就写下一点点，也许未必有人愿意看，那就算作自己温旧梦也好。梦太多，要选择。人影像真切，头绪简单，决定只说人。人也太多，又要选择，想只说一时浮上心头的三位。以交往的多少和远近为序。

王二

　　由大范围说起。我的家乡是北京东南近二百里的一个小村庄，名石庄。石庄者，石姓聚居的一个小村落也。推想起初没有外姓人，由我儿时算起，至多不过百年前吧，村的偏西部迁入外姓两家，我们张家和另一家王家。我们两家都在街北，我家偏东，往西隔一家是王家。论家道，我家是小康，王家很穷困。可是两家关系不坏，感情融洽，来往很多。王家，与我祖父同行辈的那个老人，也许活到花甲左右吧，故去。只留下一个儿子，名王瑚；混上个女人，西北方某村的，耳聋，村里都叫她王聋子。依乡村的礼俗，当面，我叫她王大婶，一直到现在，印象还很清楚。因为她家没有磨，磨面要到我家后院的磨房。其时，乡村妇女都是小脚，只有她穿木底鞋，由外走来，踏堂屋的砖地，发出清脆的嘎嘎声。他们夫妇都和善，得我家一点帮助，总是感激不尽的样子。他们都早死，生五个孩子，都是男的。大的名福来，年龄与我相仿，刚成年就故去。二的名福顺，成年以后才成了家，村里人都称他为王二。三的名福成，不知同谁合不来，一怒离开家，到外面去闯天下。所以王氏弟兄，我印象深的，与我交往多的，只有王二。他忠厚、朴实、勤勉，因为几代与我家关系深，见面呼我为二哥，看得出来，心情是恭敬加更多的亲热。他当然也务农，农闲时候卖零吃食，不过是花生、瓜子、萝卜之类。养一头驴，有的货，如萝卜，要到西边二十里外的索庄去驮。他说，卖就要卖好的，赚点钱，不能亏心。我小学念完以后到外面上学，先是通县，后是北京，其时交通不便，离开家门，要到三十里外京津公路的河西务站去坐汽车，这三十里旱路，常常是用王家的驴，王二去送。我跨上驴背，他后面跟着，让他骑一会儿，他坚决不肯，说走惯了，不累。寒暑假回家，晚饭后是说闲话时候，串门，最常去的是王二家。后期他成了家，妻子比他更朴实，更热情。还是那样穷，土房，简陋，屋里几乎没有东西。可是我愿意到那里坐一坐，以吟味其他处所不再能见到的古风。其后，正如其他到外面混的人一样，我离家乡越来越远了，也就很少能见到王二。是五十年代初，曾被扫地出门的我的二老故土难离，又到家乡去住，我去探望，当然又要到王二家去看看。他们夫妇才年近不惑，已经显得苍老，仍然很穷，两三个孩子，食不能饱，衣不能暖。谈起世道，也有不少感慨。还谈到土改，说分了些东西，趁夜间无人，都隔墙给扔回去，他说："我再穷，也不能要人家的东西。"我看看他，叹了口气，没说什么。是七十年代初吧，听说他老伴下地做生产队派的什么活，光脚，被什么扎破，没有医疗条件，竟得了破伤风，死了。不久，也许心情受打击太重了吧，他也死了，留下三个还不能自立的孩子。

长海舅舅

他是个难于理解而可怜的老人，比我总要大几十岁吧，住在对门，我幼年时期几乎天天看见他，可是连姓名也不知道。情况要由对门的石家说起。我很小的时候，对门住着母子四人，母亲寡居，我家说到她，称为对门老奶奶，老者，是因为她的丈夫排行末位。何时丧夫，可以由最幼孩子的年岁推算出来，大概是五六年前吧。三个孩子都是男的，最大的乳名长海。孩子未成人，唯一的强动力死去，家境本来就不好，其困苦可想而知。是为解救无劳力的困苦吧，还是这位老人无依无靠、走投无路呢，不知道，总之，经过协商，这位老人连人带财产都迁来，与我们称为老奶奶的他的胞妹合伙，共同过困苦的日子。村里添了外来人，以熟带生，都称他为长海舅舅。他个子不高，略驼背，面容黑而且粗，在我们一群顽童的眼里，是个很不讨人喜欢的人物。他身体像是并不健壮，到我们一群孩子上小学的时候，他就不怎么下地干活了，而是经常坐在街北的墙下，既像憋闷又像沉思的样子。他几乎永远不说话，也没有人理他。估计到他妹妹家里也是这样，因为无用了，也就很难得到好的脸色。好脸色是精神方面的安慰，得不到，没办法，也许他真就能"安之若命"了吧？更可悲的是退一步，想吃一顿饱饭也办不到，忘记是谁，当作笑话，说听长海舅舅说："要是黑面饼卷小葱蘸酱，那还有个饱啊！"其后，他身体更坏，先是很少出来，终于卧床不起了。是拘于礼俗还是实用主义呢，有那么一天，把他抬上牛车，送回本村了，听说不久就死去了，大概终于没有吃到黑面饼卷小葱蘸酱吧？为死者设想，安息了也就罢了，可是问题偏偏留给生者。我有时想到他，那落魄无告的样子仍然清晰，心里就不能释然。系念什么？是有时形而上，想到命运、机遇、苦乐、荣辱之类，有时形而下，比如吃烤鸭，薄饼卷鸭肉，其旁边有葱蘸酱，就不由得想到黑面饼卷小葱蘸酱的愿望，也就不能不慨叹，人生，长也罢，短也罢，幸也罢，不幸也罢，总的说，终归是太难了。

严氏大姐

　　说这位，出了村，到东北方八里以外的外祖家。村名杨家场。外祖家也是小户人家，可是地势好，住在村西端路南，出村北望，不远就是运河支流青龙湾的南堤，白沙岭上是一望无际的柳树林。外祖父姓蓝，行二，与大外祖父合住一个院子。我小时候，大外祖父一支只有大舅父、大舅母夫妇和他们的两个儿子。大儿子学名文秀，严氏大姐是他的妻室。这种关系，为什么不称表嫂而称为大姐？说来话长，她是我们村东南某村的人，幼年父母双亡，无人抚育，经人说合，送往大舅父母家做童养媳。童养媳，成婚前的名分是家中的女儿，记得她长我七八岁，所以见面呼为大姐。其后成年，完婚，农村称为圆房，大舅母说，叫大姐惯了，不必改了，所以一直称为大姐。依旧俗，我出生后常到外祖家去住，到能懂事，有情怀，就对这位大姐印象很深。来由之一是她长得很美，长身玉立，面白净，就是含愁也不减眉目传情的气度。来由之二是性格好，深沉而不瑟缩，温顺而不失郑重，少说话，说就委婉得体。依常情，童养媳的地位卑下，因为是无家的，又名义为女儿而非亲生，日日与未来的公婆和丈夫厮混，境况最难处，可是这位大姐像是一贯心地平和而外表自然。她结婚的时候，我十岁上下，其后不很久我离开家乡，就几乎看不到她了。可是有时想到她，联想到人生的种种，就不免有些感伤。这感伤可以分为人己两个方面。人，即大姐方面，是天生丽质，而没有得到相应的境遇。就我习见的少女时期说，现在想，她处

理生活的得体，恐怕是"良贾深藏若虚"。所藏是什么？也许是
"忍"吧？如果竟是这样，那就真如形容某些见于典经的佳人所
常说，性高于天，命薄如纸了。再说关于己的。也是现在回想，
常见到她的时候，后期，她年方二八或二九，我尚未成年，还不
知道所谓爱情是怎么回事，可是她住东房，我从窗外过，常常想
到室内，她活动的场所，觉得有些神秘。这种心情，可否说是一
种朦胧的想望？如果也竟是这样，在我的生活经历中，她的地位
就太重要了，《诗经》所谓"靡不有初"是也。但无论如何，这
总是朦胧的，过些时候也就淡薄了。一晃到了七十年代初，我由
于被造放还，根据永远正确的所谓政策，我要到无亲属的家乡去
吃一日八两的口粮。第一次回去，人报废，无事可做，想以看久
别的亲友为由，于是又想到外祖家的大姐。她还健在吗？于是借
辆自行车代步，路也大变，问人，循新路前往。进村就找到，表
兄和大姐都健在，在原宅院以西的小园盖了新房，在北房的西间
招待我。大姐年近古稀，仍保留不少当年的风韵。谈起多年来的
生活，说不勉强，只是"大跃进"时期粮食不够，吃些乱七八糟
的，胀肚。她关心我，又不便深问，表现为无可奈何的样子。午
后作别，她送我到村外。我上了车，走一段路，回头看，她还站
在那里。就这样，我们见了最后一面。其后，依照又一次正确的
政策，我回到北京。可是从另一个外祖家表弟的口中，间或听到
她的消息，都是不幸的。先是她的儿媳妇被一个半精神病人暗
杀，事就发生在她的宅院里。其后表兄先她而去。再其后不是很
久，她也下世了，其时是七十年代晚期，大概活了七十五六岁

吧。年过古稀，不为不寿，可是我想到她的天赋，她的一生，总是不免于悲伤，秀才人情，勉强凑了一首七绝，词句是："黄泉紫陌断肠分，闻道佳城未作坟（因不得占耕地）。宿草萋萋银钏冷，此生何处吊嫛君（《楚辞》，女嫛，姐也）？"算作我虽然远离乡井，却没有忘掉她。

原载于《美文》1993 年第 5 期

笨花的黄昏

铁　凝

笨花村的黄昏不只属于西贝家，那是一整个笨花村的黄昏。

黄昏像一台戏，比戏还诡秘。黄昏是一个小社会，比大社会故事还多。是有了黄昏才有了发生在黄昏里的故事，还是有了黄昏里的故事才有了黄昏？人们对于黄昏知之甚少。

笨花村的黄昏也许就是从一匹牲口打滚儿开始的：太阳下山了，主人牵着劳作了一天的牲口回村了。当人和牲口行至家门时，牲口们却不急于进家，它们要在当街打个滚儿。打滚儿是为了解除一天的疲劳，打滚儿是对一整天悲愤的宣泄。它们在当街咣当一声放倒自己，滚动着身子，毛皮与地皮狠狠摩擦着，四只蹄脚也跟着身子的滚动蹬踹起来，有的牲口还会发出一阵阵深沉的呻吟。这像是对自己的虐待，又像是对自己的解放。这时牵着牲口的主人们放松手里的缰绳，尽情地看牲口的滚动、摔打，和牲口一起享受着自己对自己的虐待和解放，直到牲口们终于获得满足。大多有牲口的人家，门前都有一块供牲口打滚儿的小空地，天长日久，这个小空地变作一个明显而坚硬的浅坑。西贝家和向家门前都有这样的浅坑。

牛不打滚儿，打滚儿的只有骡子和驴。

西贝家牵牲口打滚儿的是牲口的主人西贝牛或者他的大儿子西贝大治。向家牵牲口打滚儿的本应该是牲口的主人，年龄和西贝牛相仿的向喜，或者向喜的大儿子向文成。但向喜和向文成都不牵牲口打滚儿，他们各有所忙。家里养牲口，他们却离牲口很远，只把牲口给他们的长工，长工倒成了牲口的主人。

西贝家有一匹骡子。向家有两匹骡子，一匹大骡子一匹小骡子。其实大骡子不老，小骡子不小。拉车时大骡子驾辕，小骡子跑梢。浇地时两匹骡子倒替着拉水车。

打完滚儿的牲口故意懒散着自己从地上爬起来，步入各自的家门，把头扎进水笸去喝水。它们喝得尽兴，喝得豪迈。再小的牲口，转眼间也会喝下一笸水。

向家的两匹骡子在门前打完滚儿，进了家，喝光两笸水，显得格外安静。它们被任意拴在一棵树上，守着黄昏，守着黄昏中的树静默起来。再晚些时候，长工才会把它们拴上槽头喂草喂料。

牲口走了，空闲的街上走过来一个鸡蛋换葱的，他以葱换取笨花人的鸡蛋。鸡蛋换葱的买卖人并非只收鸡蛋不收钱，因为村里人缺钱，卖葱人才想出了这个以物易物的主意，笨花有鸡蛋的人家不在少数。久而久之，卖葱人反而像专收鸡蛋似的，连吆喝也变得更加专业。他推一辆小平车，车上摆着水笸粗细的两捆葱，车把上挂个盛鸡蛋的荆篮。他一面打捋着车上的葱脖儿、葱叶，一面拉出长声优雅地吆喝着："鸡蛋换……（呜）葱！"随着喊声，来换葱的人陆续出现了，她们大多是家里顶事的女人。女人在手心里托个鸡蛋，鸡蛋在黄昏中显得很白，女人倒显得很模糊。她们把洁白的鸡蛋托给卖葱人，卖葱人谨慎地掂掂鸡蛋的分量，才将鸡蛋小心翼翼地放入荆篮。一个鸡蛋总能换得三五根大小不等的葱。女人们接过葱，却不马上离开，还在打葱车的主意，她们都愿意再揪下一两根车上的葱叶作为"白饶"。卖葱人伸出手推挡着说："别揪了吧，这买葱的不容易，这卖葱的也不容易。"买葱的女人还是有机会躲过卖葱人的推挡，揪两根葱叶的。她们攥紧那"白饶"的葱叶，心满意足地往家走，走着，朝着"白饶"的葱叶咬一口，香甜地嚼着，葱味儿立刻从嘴里喷出来。女人拿鸡蛋换葱，揪卖葱人两根葱叶显得很自然。

西贝家不拿鸡蛋换葱，他们珍惜鸡蛋，地里也种葱。向家拿鸡蛋换葱，向家出来换葱的多半是向文成的媳妇秀芝。秀芝换葱不揪葱叶，她不是不稀罕近在眼前的葱叶，她是觉得抹不开。但对于鸡蛋大小的认可，有时她也和卖葱人的看法不一。卖葱人说向家鸡蛋小，当少给其葱，秀芝就说，这鸡蛋不小，别少给了。最后，卖葱人把秀芝已经拿在手中的葱左换右换，终是把大的换成小的。秀芝也不再争执，心想，随他去吧，吆喝半天也不容易。

一个卖烧饼的紧跟着卖葱的走过来。这是邻村一位老人，他步履蹒跚，扢个大柳编篮子。一块白粗布遮盖着篮子里的货物，这盖布被多油的烧饼浸润得早已不见经纬。老人喊："酥糖……

（吧）烧饼！"老人篮子里有两种烧饼，代表着当地烧饼的品种和成色。这里的烧饼以驴油作酥面，与水和的面层层叠叠做成。酥烧饼带咸味儿，一面沾着芝麻粒儿；糖烧饼也酥，却以甜见长，不沾芝麻，只钤以红色印记。买主来了，老人掀开盖布，和买主就着暮色一同分辨着酥的和糖的。但他绝不许买主直接插手——那酥货娇气。他的辨认从不会有误，篮子里次序有致。笨花村吃烧饼的总是少数，因此老人眼前的顾客就不似鸡蛋换葱的活跃。但老人还是不停地喊着，这常常使人觉得他的喊声和生意很不协调。他的嗓音是低沉中的沙哑，倒把卖葱人的喊声衬托得格外嘹亮。卖烧饼的老人在向家门前喊着，他是在喊一个人，便是向喜的弟弟、向文成的叔叔向桂，先前他买烧饼吃。黄昏时笨花人常看见人高马大的向桂走到卖烧饼的跟前，从口袋里抻出一张票子，豪爽地放到老人篮子里，拿几个糖的，再拿几个酥的，迫不及待地张嘴就吃。卖烧饼的最愿意遇见向桂这样的顾客，他们不挑不拣，不计较烧饼的大小，有时甚至还忘了找钱。可惜向桂已经离开笨花在县城居住，但卖烧饼的老人还是抱有希望，一迭声地试探着，希望能喊出从城里回来探家的向桂。当他的希望最终变成失望，他停止了吆喝在向家门前消失后，大半是一个卖酥鱼的出现了。卖酥鱼的不是本地人，他操着邻县口音。邻县有一个季节湖叫大泊洼，洼里专产一种名为小白条的鱼，大泊洼也就有了卖酥鱼的买卖人。笨花人都知道大泊洼的人"暄"，不似本地人实在。卖鱼人在笨花便也不具威信，他们来笨花卖鱼时就更带出些言过其实的狡黠。

笨花村吃鱼的人是凤毛麟角，单只向家有人嗜好鱼腥儿，这是向喜的女人，向文成的母亲同艾。那是她跟随丈夫向喜在外地居住时养成的一种习惯，一种"派"。同艾先是跟向喜住在保定城东小金庄，吃保定府河和白洋淀里的鲫瓜、鲤鱼，那是向喜由保定武备学堂毕业后，进入北洋新军期间。后来她又跟向喜在湖北吃洞庭湖里的胖头鱼，那是向喜驻防城陵矶期间。之后她还吃过沿长江顺流而下的鱼，那是向喜驻防湖北宜昌期间。再后来她还吃过产自吴淞口三夹水的腌黄鱼，那时向喜在吴淞口，正统领着驻扎于吴淞口的陆军和海军。从同艾的吃鱼历程可以看出她经历的不凡，还可看出同艾的丈夫向喜本是一位行伍之人，她的吃鱼经历似也代表着向喜在军中的经历。虽然，几年以前向喜的行伍生涯已成历史，但向家门檐下的匾额仍然清楚记载着向喜在军中的位置。有块朱地金字的匾额，上书：干城众望。上款为：贺向中和先生荣膺陆军第十三混成旅少将旅长；下款为：中华民国十一年笨花村乡眷同敬贺。向中和便是向喜，向喜从戎后就不再叫"喜"，他为自己取名为向中和。

　　这个黄昏，同艾受了卖酥鱼叫喊的吸引，掏出一张老绵羊票让秀芝去买鱼。同艾吃鱼纯属个人嗜好，如同人的抽烟、喝酒。逢买鱼，她一向动用体己。秀芝为同艾买回半碗酥鱼，那一拃长的酥鱼在碗中一字排开，金灿灿的倒也可爱。同艾看见鱼，迫不及待地伸出筷子便尝，但那入口的东西却并不像鱼，像什么？同艾觉得很像煮熟的干萝卜条，才知受了坑骗。她也不责怪秀芝，端起碗就去追那个卖酥鱼的。那卖鱼的已经不见踪影，墙根儿只剩下一个卖煤油的。卖煤油的知道向家太太同艾受了骗，愤愤然道："人不济，还敢在这儿久留？"同艾本来是要冲着卖鱼人的去向大骂几句的，同艾心里自有骂人的语言。不过当她一想到邻居西贝家小治媳妇骂人举止的不雅，还是把脏话咽了回去。同艾在人前是注重行为举止的，平时她说话斯文，语言多受着外地的感染。她操一口夹带官话的本地话，笨花人说"待且"，她说"待客"；笨花人说"看戏"，她说"听戏"；笨花人说"喝茶"，她说"吃茶"。受了骗的同艾总算把就要出口的骂又咽进肚里，只对卖煤油的说："才相隔几十里，怎么就不知道认个乡亲？"她说的还是那个卖鱼的。卖煤油的就说："出了名的暄。"他说的也是那个卖鱼的。同艾的气还是再次涌上来，气着，把半碗酥鱼泼到当街，奔回家中。院里，儿子向文成正站在廊下擦灯罩，他一边冲灯罩哈着气一边说："这才叫萝卜快了不洗泥呢。鲜萝卜倒有个顺气理肺的功能，这干萝卜条比柴火棍子也强不了多少。"同艾接上向文成的话，也才把那卖酥鱼的骂了声"黑心贼"，说："黑心贼快遭天打五雷轰了。"她骂着，骂里却又带出一串笑来。向文成又说："那大泊洼的鱼也能叫鱼？即便是真鱼，比个蚂蚱的养分也强不到哪儿去。"同艾的儿子向文成是个读书人，但他幼年遇到灾病，一只眼已经失明，另一只眼仅残存着微弱视力。仿佛就因了视力不强，向文成便分外注意对灯罩的擦拭。他冲灯罩哈一次气，擦拭一次；再哈一次气，又擦拭一次，直至他确认那灯罩一尘不染。向文成和同艾说着鱼和蚂蚱的养分，门外又传来卖煤油的吆喝声。卖煤油的喊："打洋……油！"他在喊秀芝，秀芝不出来打油，卖煤油的横竖是不走。他偎住墙根儿，把自己韬在一件紫花大袄里，他眼前是一只长满铁锈的膝盖高的方油桶。如果在天亮，可以清楚地看到油桶上凹陷的字样：美孚油行。这只有着美孚油标志的原装桶上摆放着两个提，一个为一两，一个为半两。向家的每盏灯里，隔长补短要添足半两煤油。秀芝走过来，把灯举到卖油人跟前，也不必说话，卖油人就把煤油一提一提地提入向家的油灯里。秀之则把早已备好的零钱递过去。向家与卖油人的交易最为简洁，无须挑拣，对分量也不存争议。洋油产自美孚油行，想掺水也掺不进去，不似卖酒的。

就在卖油人将煤油提入秀芝的油灯时，一个人影儿正从东向西飘忽过来。这人个子偏矮，紫花大袄的前大襟被他掀起一角掖入腰间的褡包，一杆旱烟袋搭在肩上，烟袋的后边连着火镰和烟荷包。他走起路来身轻若燕，宛若戏台上的短打武生。每天的这时，他都要移动着碎步从笨花的最东头走向最西头。每天他都要从卖煤油的油桶前走过，每天煤油桶前都有打油的。每天打油的跟前都站着秀芝，每天秀芝看见他就像没看见。转眼间他的脚步所到之处就是笨花一条街。这时街上的闲人多起来，他们像专门等待着这个时刻，专门等待着这人的到来。或许这才是笨花村真正的黄昏。

这人叫五存，他这习惯性行为使他得了个绰号叫"走动儿"。此时走动儿正敦促着自己往一户人家赶，这户人家有个正等待他的女人。走动儿没有办法阻止住自己这每天黄昏时的走动儿。如果男女之间有一种见面叫作幽会，那么这就是幽会了。所不同的是，在这场幽会里已没有任何秘密可言。一街的人都在等待着这个几分浪漫、几分刺激的时刻，等待这个时刻的人里也包括了那女人的丈夫和儿子。女人的丈夫叫元庆，也姓向，是个胡子连着鬓角的驼背。女人的儿子叫奔儿楼，奔儿楼上学，刚念小学四年级，却写得一手好字。过年时他写半个村子的春联，近两年向家写对联也找奔儿楼。元庆自家门上也贴着奔儿楼写的对联，这对联每年都是"又是一年春草绿，依然十里杏花红"。

走动儿来了，走动儿走到奔儿楼家门口，紫花大袄擦着或新或旧的春联"潜入"奔儿楼家。这时元庆和奔儿楼便从家里"溜"出来，元庆扎个人堆，和大伙儿一起海阔天空起来；奔儿楼只靠在自己所写的对联上等待走动儿的离去：又是一年春草绿，依然十里杏花红。半顿饭的工夫吧，走动儿走了。奔儿楼便像个探子一样从人群里喊出元庆，二人一起回家。至此，笨花街上才变得鸦雀无声。黄昏结束了。

谁也不知道奔儿楼家的事是怎样发生、发展、运作的，懂得自重的笨花人，谁也不去了解和打探，他们只在等待新的黄昏的到来。

秀芝买回煤油，把几盏灯摆在院里的红石板桌上。向文成还在擦灯罩，他冲着灯罩哈一阵子气，再把一块揎布塞进去，旋转着擦拭一阵，然后拽出揎布，把灯罩举到眼前对着天空照。其实天早就黑暗下来，星星早已布满天空，但向文成仍然举着灯罩对着天，他的照看不再是照看，那已经变成一种感觉。他是一个视力无比微弱的人，微弱到看不见夜空里的星星，更看不见灯罩上的烟尘。可他的感觉无比准确，他最愿意这个能够放射光明的玩意儿一尘不染。黄昏时收捡全家灯罩的永远是向文成。

向文成擦完灯罩，把灯罩一一扣在注满煤油的灯座上，并不急于点燃。他对着满天的星星不说油灯，单说电灯。他说，电灯的原理，就是靠了两极的接触，电有阴极、阳极，两极相吸才能生电，同性则相斥。汉口南洋兄弟烟草公司的霓虹灯有两丈高，晚上光彩夺目，也是靠了两极的原理。向文成的说电、说电灯，仿佛是自言自语，又仿佛是在演讲；仿佛是说电灯原理，又仿佛说的是别的什么。

刚才厨房里一直有风箱声，现在风箱声停了，向家该点灯了。

向家点起了灯，一个黄昏真的结束了。

原载于《美文》2006 年第 4 期

仿佛与君同行

莫　言

　　二十世纪九十年代，我还在军队服务，曾乘坐一辆军用吉普车，从陕北的榆林一路南下，穿过八百里秦川，翻越秦岭，直达与四川交界的秦巴山区。十几年过去，生活纷繁，那次历时十五天的旅途中诸多当时给我留下深刻印象的情景，似乎已经淡忘了。但其实没有忘，三秦大地上那些感动过我的事情，都在脑海中潜藏着，等待着一个契机被激活、被唤醒。读樟叶先生的散文、随笔，就是一个这样的契机。

　　于是那深厚的黄土高原上千沟万壑便出现在眼前了，那些生长在布满卵石的、河滩上的、狭窄的、土路边上的、披头散发的柳树便出现在眼前了，那流淌着混浊泥浆的河沟便出现在眼前，那黄龙林区中跳跃的锦鸡便出现在眼前，那鲜艳的秦冠苹果便出现在眼前，那巨大的临潼石榴便出现在眼前，那巍峨的王陵和威武的战阵便出现在眼前……那蔓延十里的秦岭美容杜鹃出现在眼前，千树万树，宛若栖满了彩蝶，那在秦岭深处僻静的山溪边出没的野猪和鹿子便出现在眼前，葱绿的水杉林便出现在眼前，一片片水稻出现在眼前……我已经从北方到了南方，从黄河到了长江。耳畔适才还回响着信天游的悲壮苍凉，转瞬间又响起来陕南姑娘的花鼓高腔。西安城羊肉泡馍的气味还没有从唇边散尽，宁陕县山民家酿的美酒已经滋润了咽喉……好的散文随笔就是一幅地理图，就是一篇怀旧赋，就是一首怀乡曲。这样的文章可以让人发思古之幽情，可以让人叹山河之壮美，可以让人念流逝之年华。这样的文章有说服力和感染力。作者的经历能唤醒你的经历，作者的感情能激发你的同感。读这样的文章，仿佛与君同行。

樟叶的散文、随笔，突破了借景抒情的老套旧模，更没有官场中的附庸风雅、无病呻吟的通病。他的文章中出现了新的气象。这新的气象一是表现在文章中不时跳出的鲜活人物，二是表现在文中灌满的对土地对人民的深厚感情。这两者其实又是密不可分的。正因为他对这方热土和世世代代生活在这方热土上的劳苦大众深深的爱，才使他能够深入下层，像了解自己的家人一样了解乡亲。也只有这样的了解，写起来才能那样自然晓畅，朴实大方，仿佛说着自家的事，用亲切的、略带苍凉的笔调。

初春的一天早上，父子俩要上山点豆，保福后背腰带上挂着一只装满豆种的小竹篓，左手提着一只酒壶，右手持一杆与古战场长枪一类冷兵器极其相似的"杪子"。母亲把锄头放在大儿子肩头，又俯下身子拉展孩子的黑布裤脚，帮他背起装有父子俩午餐干粮的布包，送他们上山种地……晌午时分，父子俩坐在树荫下打尖休息，吃一块洋芋糍粑，喝几口苞谷烧酒，身体顿时感觉轻松了许多。保福情不自禁地面对着青山唱起了花鼓高腔："喝酒呀要喝自家酒，种田呦要靠父子手……"

这是我读到的以酒为题的最好文章之一。作者没有太多的议论，开篇之后直接切入了这个生养了一个弱智儿但也有读高中、准备考大学的聪颖女儿的山民家庭，然后就写他们悲而不怨、哀而不伤的精神状态，写他们艰苦枯燥的劳动生活，写他们满怀对未来的憧憬而造酒的过程。文中对保福父子俩在山坡上点豆的准确而详细的描写，让我深为感动。一个没有对劳动人民深沉热爱的人是看不到这样情景的。老祖母制作酒曲的过程神秘而庄严，写得同样富有感情。同是人间一樽酒，滋味却是大不同。

媒婆大嫂不依不饶地一屁股坐在汽车前号啕大哭，司机"大姐""大嫂"地赔不是，连拉带扶地请她进了驾驶室，开始了一场汽车和叫驴的追逐赛……就在车尾刚巧超过叫驴的一刹那，从车后货厢里飞身跃出一青年男子，落地时就势在地上打了个滚，同时牢牢地抓起了缰绳，驴儿停了下来，驴背上的姑娘哭得像个泪人似的，煞白的脸全被泪水浸透了。车停稳后，跳下一位五十多岁的壮年汉子，不由分说抽了刚才飞身救美人的青年两巴掌，厉声训斥："天底下就你能！咋就不惜性命？"小伙子一手捂着脸，笑嘻嘻地说："生死由命，富贵在天，有什么好怕的！爸别瞎操心。"

这样的人物，这样的语言，让我想起沈从文的《湘西》《湘行散记》里的某些篇章。那狭窄的土路，飞扬的黄土，倔强的叫驴，泼辣的媒婆，羞涩的姑娘，勇敢的青年，粗鲁的老汉，无不活灵活现地跳到眼前。只有得了沈氏神髓的文章，才有这样的风貌。小说要写人，这是共识，但散文、随笔写人，却被诸多散文、随笔写手忽略。因此可以说樟叶先生的文章拓展了散文、随笔的表现领域，而且似乎打通了散文、随笔与政论和小说间的障蔽。他的文章中，时时可见精辟的议论、优美的抒情，更为可贵的是能用寥寥数笔即写出一个人物的小说家笔法。我相信樟叶先生生活积累深厚，相信他的头脑中储存着成千上万的人物，从高官显要到走卒贩夫。我相信樟叶先生渊博的学识和丰富的阅历，从秦汉的经典到山民的野唱，从欧美的风情到黄土沟壑里的风俗。这些都是宝贵的创作资源，终会成为好文章，从他的笔端流淌出来。

我看过樟叶前一本文集《晨练恋曲》，樟叶的文章朴实自然，直面人生，写真感情，说真心话，无居高临下的优越感，有根植泥土的平民气。我想这与作者的人生修养有关。为官为民，为牛为马、为人一世，明白了人生天地间的根本道理，所以他才能与黄土崖畔上的小学教师成为亲密如兄弟的挚友，所以他才能够听到"白格生生的馍馍哟绿格盈盈的蒜，滚一锅米酒从头暖，酒曲曲本是那个顺口溜，天是我的脸面地是我的胆"这样仿佛来自黄土深处的歌唱，他才写出"过完年了，想最后再把地深翻一次，让土地也晒晒太阳"这样朴素的句子。我坚信樟叶先生会继续写下去，我也会继续写下去。让我们盯着人写，盯着人的眼睛写，盯着人的心写。在写人的同时，顺便写我们的山林树木、飞禽走兽、逸闻趣事、世间万象。

原载于《美文》2004 年第 2 期

犹太三星

卞毓方

马克思

马克思的时代，江上青峰一般，向时间激流的深处隐去，隐去，离我们已愈来愈邈远。马克思生于1818年，入世比狄更斯、洪秀全稍晚，比惠特曼、李秀成略早，与屠格涅夫同岁，假如活着，今年适逢一百八十大寿，纯粹一个白胡子老头儿，比圣诞老人还要圣诞老人。此翁卒于1883年，享寿六十有五。他传世的肖像，浓髯密髭，目光如炬，应属晚年的特写。马克思天资聪慧，少年英发，30岁就写出了《共产党宣言》。奇怪的是，世人如今瞻仰的，一律是满腮于思、一脸风霜的老马；至于小马的昔日风采，敢说没有几人会记得。

曾经恭恭敬敬地翻阅过马翁的书，在求学求经的年代。说是翻阅，因为他的书：一、卷帙浩繁，没工夫细啃；二、内容深奥，不容易消化，只好东选一章西择一页，拣实用的过瘾。倒是有一部苏联人写的《马克思青年时代》，读了又读，抄了又抄，印象深如刀刻。当日，我佩服小马的，首先是他通晓多国语言。他把外语当作人生斗争的重要武器，先后攻下了拉丁文、希腊文、法文、英文和意大利文。《圣经》讲得清楚，上帝统治世界，法宝之一，就是让世人各操一种语言，彼此隔膜，互为利害。马克思在青青子衿的学生时期，就突破上帝设下的樊篱，这对他关注、思考全人类的命运，大有裨益。我佩服小马的，其次是他精通数学。在我的想象中，数学是上帝的音乐，能够利用数学和上帝进行心灵的交流，自然有助于窃获创世的奥秘。

这几年重读马克思，深深遗憾我们的某些政治家、理论家，马克思在东土的真传弟子，偏偏忽略了一些必修的入门功课，像外文和数学。必修意味着不可逾越，意味着眼光的训练，知识结构的调整。它是一种素质的濡养，虽然看不见，摸不着，却制约着你思维的力度，生命的强度。在这儿，我国传统文化中鄙视外文、排斥数理的心理定式，罪不可宥。悲乎哉！既已不懂外文，又不肯出国考察、学习，如何能放射出全球眼光？结果，眼睁睁把一场胸怀祖国、放眼世界的歌舞，排演成闭关锁国、夜郎自大的荒诞剧！昧于数学，自然更心中无"数"。曾经有一个阶段，我们每搞一次运动，都强调打击"百分之五"的"一小撮"，殊不知这"一小撮"的"百分之五"，一次又一次累加起来，总有一天，会接近总人口的百分之百。上帝在天堂必定发笑：如果把这么多的人都当成打击对象，你的革命再伟大，到头来还能指望谁的支持？又譬如我们的一些口号，像什么"十五年超英赶美""亩产十万斤稻谷""七八年来一次横扫牛鬼蛇神"等等，听起来似乎有根有据，理直气壮，拿实践一检验，莫不是"满纸荒唐言，一把辛酸泪"？

爱因斯坦

爱因斯坦诞生于1879年，小马克思六十一岁，与斯大林、托洛茨基、陈独秀同年，算到今天，也有一百一十九年的"史龄"。爱翁的书，我不敢妄翻，坦率承认，看不懂。他的相对论，据说全世界能弄明白的，也寥寥无几。在下学的不是他那一行，完全属门外汉。门外也好，距离反而激起更热烈的崇拜。

我很欣赏这样的一幅漫画：头发蓬乱、目光迷惘的老爱因斯坦，徘徊在自家公寓的楼外——他刚才出去散步，一定跟上帝争论得太激烈了，在天国逗留得太长太久了，以至于返回尘网，竟认不出自己的家门——而不得不俯首弯腰，问一个邻居的男孩："小朋友，你能告诉我爱因斯坦博士住在哪儿吗？"

另一幅漫画也非常引人入胜：爱因斯坦的脸被画成一把小提琴，琴弦上颤抖着音符，还曼舞着那道著名的物理学公式：$E=mc^2$。

一个天才的临世，总要伴随着一些异乎寻常的征兆。在这方面，我们东方人特别讲究。《封神演义》描写哪吒降生之前，有一个道人托梦给他的妈妈："夫人快接麟儿！"《三国演义》介绍刘禅身世："甘夫人尝夜梦仰吞北斗，因而怀孕，故乳名阿斗。"今人写曾国藩出生，也是饶有兴味地转述：是夜，曾国藩的祖父"忽然看见一条巨蟒在空中盘旋，慢慢地靠近家门，然后降下来，绕屋宅爬行一周，进入大门"，正惊诧间，老伴喜滋滋地走过来，说："孙子媳妇生了，是个胖崽！"西方人对此也有讲究，一般来说，还算唯物。比如，据聂运伟的《爱因斯坦传》介绍，爱因斯坦呱呱坠地，后脑就大得惊人，而且头骨呈棱角状，令人害怕。母亲不禁担心他的健康，老祖母看到孙子，也低声嘀咕："太重了！太重了！"她不是说孙子的体重，而是这个大而怪的头颅让她不安。

这个大而怪的头颅，最早，也最疯狂吸收的，是音乐。爱因斯坦三岁迷上了音符的舞蹈，六岁练习拉小提琴，稍长又练习弹钢琴。而后，才是数学、物理。涵容千汇、超拔万籁的艺术和严格规整、一丝不苟的科学，组成了他鹰击鹏翔的双翼。传说他与另一位要好的物理学家，常常就相对论展开争论，逢到双方旗鼓相当，谁也说服不了谁，他们就自动休战。这时，爱因斯坦拉起小提琴，朋友则弹起钢琴，那真是美妙绝伦的配合，专业乐师也欠他俩几分神韵。然而，当一支乐曲刚刚奏到一半，爱因斯坦会突然停下，拿弓使劲敲击琴弦。这是一个信号，意味着优美的旋律激发了灵感。朋友心有灵犀，也立即停止弹奏。争论于是重新开始。如果依然水不落石不出，双方僵持不下，爱因斯坦又会示意暂停，然后径直走到钢琴旁，用双手弹出三个清澈的和弦，并反复击打这三个和弦。

这三个和弦，犹如在敲上帝的大门："铛！铛！铛！"

又像是在叩问大地："怎——么——办？"

弹着，弹着，大自然的心弦被拨动了，上帝的大门敞开了，创造的火花如漫空星斗闪烁。两个好朋友笑了，悠扬的乐曲又开始在房间里回荡。

每当我读到这一段，眼眶常盈满泪水。艺术的美与科学的美，如日月双星，互为映照；如高山大海，一脉相连。爱因斯坦在物理学领域的非凡发现，正是建立在和谐、统一的宇宙美学原则之上。

回头再看看我们：搞科学的，有几个精通艺术？更不用说搞艺术的，基本上不懂得科学！唉，我们的精神天幕曾经是残缺不全，漏洞百出，急需当代的女娲氏援手修补。

弗洛伊德

弗洛伊德生于1856年，小于马克思而大于爱因斯坦，在三人中，排行老二。然而，我接触他的著作，却是二十世纪八十年代以来的事，远远落在爱因斯坦之后，所以印象中，总觉得他比爱翁年轻。第一次看见弗氏的肖像，猛地一愣，那悬崖似的天庭，黑森林般的胡须，幽幽深潭式的眼神，使我想到了——萧伯纳！翻开《辞海》"萧伯纳"的词条一查，嗨，你说巧不？他俩不仅容貌相像，还是同岁。

弗洛伊德的异禀也是与生俱来。你读过狄更斯的《大卫·科波菲尔》吗？科波菲尔降生之际，从母体带出了胎衣——这是极为罕见的，作家借此表现主人公与众不同的命运。弗洛伊德的出世，仿佛是科波菲尔经历的再现。那真是激动人心的时刻，"他一落地就从娘胎带来了势能，"一位在场的医生骄傲地宣布，

"小家伙将征服全世界！"

弗洛伊德扬帆启程了，在马克思之后，爱因斯坦之前。他创造出了一套精神分析学说，二十世纪问世不久，就风靡欧美。弗氏认为：人的心理分为两个对立的部分——意识和潜意识；而存在于潜意识中的"性本能"，则是左右个人命运、决定社会发展的永恒力量。弗氏的学说，二三十年代传到我国，曾在章士钊的案头曼咏，周作人的枕畔低吟，激起的是"烟笼寒水月笼沙"的朦胧意蕴。鉴于弗氏的精神分析，尤其是核心部分的"性本能"，和我国的国情严重冲突，因此，二十世纪五十年代伊始，对待他的，就不再是掌声，更不是鲜花，而是一纸禁令。直到社会启动了改革，国门迎来了开放，弗氏的学说，才重新在坊间流行。我最近随便翻了翻他的几本书，感慨万分的，倒不是他的理论，而是他的献身精神。弗氏曾告诉朋友："像我这样的人，活着不能没有嗜好，一种强烈的嗜好——用席勒的话来说，就是暴君。我已经找到了我的暴君，并将无条件地为之服务。这个暴君就是心理学。"瞧，他说得多好！弗氏还兼具诗人情怀，不管研究如何繁忙，每天坚持从雪莱、歌德、波德莱尔等大家的作品中汲取灵感。他的一部分创造性思维，正源自对优秀文学作品的豁然憬悟。

在近代史的长卷画轴中，马克思、爱因斯坦和弗洛伊德，是改变历史进程的三位大师。马克思揭示的人类社会发展规律，改变了人们的历史观；爱因斯坦提出的相对论，改变了人们的宇宙观；弗洛伊德的精神分析，改变了人们对心灵世界的认识。不知你注意过没有，三位大师有一个共同的背景：清一色的犹太出身。爱因斯坦和弗洛伊德的双亲，都是犹太人；马克思的父亲，是犹太人。犹太民族的文化精神，冶铸了他们独特的个性基质。同时我们看到，他们又都是操德语的犹太人。马克思诞生于德国的特里尔，爱因斯坦诞生于德国的乌尔姆，弗洛伊德出生于弗赖堡，成长于维也纳，属于奥匈帝国，讲的也是德语。日耳曼民族的文化精神，无疑将他们独特的个性基质，又狠狠淬了一道锋刃。这机缘，与其说是偶然巧合，毋宁说是人类创新品质的成功自足。一方面是闯荡天涯的坚韧不拔，一方面是啸傲大陆的强梁霸气；一方面是出神入化的经营玄机，一方面是严谨缜密的学术乾坤。两种优秀的民族精神相激相撞，相融相合，终于电光石火般，催生出直逼上帝的三颗思想界巨星。

原载于《美文》1999 年第 2 期

忆高崇熙先生

——旧事拾零

杨　绛

　　高先生是清华大学化工系教授，大家承认他业务能力很好，可是说他脾气不太好，落落难合。高太太善交际，所以我们夫妇尽管不善交际，也和他们有些来往。我们发现高先生脾气并不坏，和他很合得来。

　　大约一九五〇年，清华附近建立了一所化工厂，高先生当厂长。他们夫妇迁进工厂，住在简陋的办公室一般的宿舍里。我们夫妇曾到他新家去拜访过两次。

　　一九五一年秋，一个星期日，正是晴朗的好秋天，我们忽然高兴，想出去走走。我记起高太太送了我鲜花，还没去谢谢她。我们就步出南校门，穿过麦田，到化工厂去。当时"三反"运动已在社会上发动起来，但是还没有转为思想改造运动。学校里的知识分子以为于己无涉，还不大关心。

　　我们进了工厂，拐弯曲折，到了高氏夫妇寓所，高太太进城了，家里只高先生一人。他正独坐在又像教室又像办公室的客堂里，对我们的拜访好像出乎意料，并不欢迎。他勉强请我们坐，拿了两只肮脏的玻璃杯，为我们掬了两个半杯热水瓶底带水碱的剩水。他笑得很勉强，和我们酬答也只一声两声。我觉得来得不是时候，坐不住了，就说我们是路过，顺道看看他们，还要到别处去。我们就起身告辞了。

高先生并不挽留，却殷勤送我们出来：送出客堂，送出那条走廊，送出院子，还直往外送。我们请他留步，他硬是要送，直送到工厂的大门口。我记得大门口站着个看门的，他站在那人旁边，目送我们往远处去。

我们俩走入麦田。

我说："他好像不欢迎我们。"

"不欢迎。"

"所以我不敢多坐了。"

"是该走了。"

我说："他大概有事呢，咱们打扰他了。"

"不，他没事，他就那么坐着。"

"不在看书？"

"我看见他就那么坐着，也不看书，也不做什么事。"

"哦，也许因为运动，他心绪不好。"

"我问起他们厂里的运动，他说没什么事，快完了。"

"我觉得他巴不得我们快走。"

"可是他送了又送。"

这话不错。他简直依依不舍似的，不像厌恶我们。我说：

"也许他简慢了咱们又抱歉了。"

"他也没有简慢。况且，他送出院子不就行了吗？"

我们俩自作聪明地琢磨来、琢磨去，总觉得纳闷。他也不是冷淡，也不是板着脸，他只是笑得那么勉强，那么怪。真怪！没有别的字可以形容。

过了一天，星期二上午，传来消息：化工厂的高先生昨天自杀了。据说星期一上午，工间休息的时候，高太太和厂里的一些女职工在会客室里煮元宵吃呢，回隔壁卧房见高先生倒在床上，脸已变黑，他服了氰酸。

我们看见他的时候，他大约正在打主意，或者已经打定主意，所以把太太支使进城。

事后回想，他从接待我们到送我们出工厂大门，全都说明这一件事，都是自然的，只恨我们糊涂，没有及时了解。

冤案错案如今正一一落实。高先生自杀后，高太太相继去世，多少年过去了，谁还记得他们吗？高先生自杀前夕，撞见他的，大概只有我们夫妇俩。

一九八八年九月一日

原载于《美文》1993年第9期

洗牌年代（节选）

金宇澄

　　一位上海的乱世英雄，来历不明的飞贼，十五六岁年纪，神出鬼没的传奇少年人，一双半旧解放鞋，一条普通少年那种蓝卡其补丁长裤，踏一部黄鱼车，身形矫健，穿越铁丝网和水落管道——屡次在"抄家"工作结束的懈怠之际，入室席卷抄获得贵重细软，滑脚逃逸——估计他事先探明了存放物品的房间和路线，然后趁夜进来作案，好比《夺宝奇兵》六十年代版。

　　一个人作案，上海人称"独脚强盗"，比较伤脑筋的案子。有"目击者"回忆，此贼力大无双，手拎两口西式皮箱，一溜烟走过插满碎玻璃的墙头，顺三楼的山墙悄然滑落，没一丁点声音，箱子上车就走，旋即隐入于上海的夜幕中；那时还没有110，等到整幢老洋房亮灯苏醒起来，敲锣打鼓，大呼"有情况！！！"已经是空叹奈何——世道大约如此，怕贼偷，怕贼惦记，辛辛苦苦查抄出来的革命的成果，也这样不明不白付诸东流。

　　另有传闻此贼是英国小说形容的惯犯，六十多岁，微瘸，苦习轻功的老手。轻易不出山，专做一些高难度动作，每次是把箱笼挂在搽油的铁葫芦上，一个个慢慢吊下去，"事体"（事情）做得不慌不忙，不留丝毫痕迹，上海话："清爽没一点老垢"。一份革命小报表态说：估计这个贼怕背后还有黑手；但如果确实是革命队伍本身不纯，抄家者监守自盗，一经查实，必将从重从快严惩不贷。

上海的乍浦路桥上能看到上海四川路桥逆光的桥拱、旁边一系列西洋大楼，留存财富密集之感，从此地上溯至西藏路，苏州河有桥七八座，桥桥相依，两岸情况差别不大。但是到西藏路以西，桥就相对稀疏，蜿蜒到长寿路、北新泾一带，当时景观已两样，极少有桥，南岸是纺织工厂，再往南，纺织厂之中，高级管理人员宿舍，日、洋风格排屋，独立大宅别墅。北岸则完全为流民棚户、贫民窟，田野，村落，河中设渡口使工人上工——按现在的说法流民便是民工，北岸一眼望去都是"违章搭建"，虽然五十年中建桥数座，民间至今仍这样保持"浜南""浜北"一说，指明这一带位置上的悬殊。

当时是低调生活，完全消灭了"豪华"的消费场所，饭店滋生出自助餐的雏形，提倡自我服务，革命顾客即使带一瓶油酱黄豆，可以坐入状元楼本帮馆子买酒买饭，店内和店外一派勤俭节约、人民当家做主的风气，有人记住这样的标语"本店为人民服务，不打骂顾客"。只是很多盗窃案破获，都破在盗窃者事后的疯狂挥霍上，不露横财，就没办法暴露罪行。人人都已经置身于穿补丁劳动装、中山装的革命群众当中，人人在四处探寻，在抄没和平衡财富的朴素世界里。一方面在死命隐藏，一方面在死命嗅掘的时空之中，就难以产生出"线人"去当局告发，难以出现那种很兴奋的场景——隔壁邻居突然一夜暴富披金戴银吃馆子泡夜总会……处于根本不存在的消费背景条件里，这类的案子便是死案，只能一挂了事。

一时之间，世界停摆在不断发现和再次隐匿的节骨眼上，新一轮财富一旦暴露以后，通过各种自然顺畅管道，重新以各种方式分配，离奇隐匿，再一次消失难寻。

绫罗细软更容易散失——某府一件嵌金丝苏绣团花藕荷色夹袄，一袭二品补服，灰鼠皮大氅里，十年以后分别挂在几个某某剧团道具间里。

当然钢琴、家具是天生的四脚命，处理以后，当然是各自跑得一个四海是家，萍踪难寻。

一把法式软椅移植了美国电影《第十三把椅》的神话，传说坐垫内藏了一沓大面额美金、"香港上海汇丰银行"股票等等。

我的师傅在沪西垃圾桶里拾到几卷吴湖帆字画——古董就是过眼云烟，研究者说：它在世就好，祖宗东西在，就是祖宗面子，不管是在中国在外国，它贴着吾国列祖列宗的标签，保存相当完好，没有什么可遗憾的，谁也不能保证，再过三百零几年，哪里发生革命，它们又回到了故乡——理论上，它们确实只是被某一轮主人"代为保存"多少年，重新洗一次牌。

宝成桥在沪西的苏州河上，南接叶家宅，北通光复西路，人们走熟了的一座人行小桥。在二十世纪六十年代末的非常岁月，在没有压锭的十年前，不管发生了什么事，不管世道阴晴圆缺，这一带南岸（浜南）的众多棉纺工厂，仍像以往一样以隆隆的纺机声，吸引北岸工人们的视线，吸引他们去上班。"浜南"也属于原工厂所有者的街区。北岸贫民窟的一部分，已被政府营建为工人新村以及改良时期的棚户，工人在北岸居住，在浜南的国棉一厂、六厂以及周边众多国棉纺织厂、毛纺织几厂、绢纺几厂、纺织机械几几厂、手帕几几厂上班，宝成桥都算是近道之一。

江浙籍贯的大户人家，习惯是在阴暗的楼梯间储藏陈年绍酒，风闻这类绍兴酒甏的黄色泥封中曾夹藏金条，因此革命工作人员入户查抄，见到酒甏立刻破封查验。有户人家酒甏数十件，一时甏倒酒流，醉气如酒肆。

本市某大食品店展览了抄家的珍奇，有一瓶法国古董洋酒，是三棱式的玻璃酒樽，内为三等分的隔断，盛红、白、蓝三色酒液（瓶口也为三等分），可分别倒出各色酒液，也可混合注于一杯——等展览一结束，此酒就不知所终。有一位老观众直到今天提起它依然神往——即使在酒池肉林的今天，也没见过如此漂亮的东西，今非昔比。

其实在任何的世道，最难隐藏的是人的身体，革命以前的二十年代，本埠曾经小范围盛行过隆胸术，谁也不知这种以外观得分的手术，以后将是一笔醒目旧账。有一位"老小姐"，民办小学的音乐老师，以前曾私下承认有过这手术史，也担任过"大世界"的前舞女，到了非常时期，觉悟的革命妇女立刻站出来检查她，指出她的道德败坏、常与男家长勾搭、妨碍革命家庭的细节，于是让她穿了旧睡裙拉出示众，女人的眼眉被夸大，头发剃光，人人的目光都盘桓于她的胸部——二战以后的欧洲，法国、荷兰等地人民，也曾这样清算与德军有染的妇女。

大工厂专门开辟存放抄家物资的仓库，保存资本家细软家具，以待处理。

某厂有男女两位负责看管物资的人员，因为对仓库内一架红木大床羡慕不已，在一天深夜双双上了床，最后双双被捉于这张刻工繁复的大型床榻中。

——供词：……以前是根本没看见过的，也根本没睡过这种三面镶镜子的大床，房间一样大的床……现在是什么时候？想想吧，现是工人当家做主的时候了，可以享福，可以享受，两个人是在里面的，工间休息就不可以吗？根本没乱搞过，工作不要休息吗，犯什么王法？现在是什么世界？劳动阶级革命男女不进去睡，就给男女资本家睡吗？

浜南某洋房，有人发现一名半疯女子——户主长期将她隐藏在潮湿的地下室里，头发全白，时称"新白毛女"。

一伙革命队伍，试图破除一具长年停放于某路某弄某号豪宅汽车间的寿材，不料材身被白蚁蛀空，即刻崩塌，露出内部一个巨大蚁巢，蚁虫腾天，爬满人面，看客四散奔突，避之不及。

另外版本为：发生蚁祸的地点，其实为汽车间秘藏的一块光绪年店铺金字招牌中，招牌极其重，已经密密麻麻被蚁蛀空，蚂蚁已长了翅膀，飞腾起来确实更多，确实如烟如云，但当时没一人恐惧，没人奔逃——蚂蚁最忌煤油，喷之即毙。

工人们依旧推着自行车走上宝成小桥一侧的阶梯，车子一辆接一辆顺阶梯边的斜坡上行，男工的前车轮交错于女工的后车轮之间，车轮也紧跟着被前面那车座弄皱的人造棉裙子或者肥大的工装裤，一步一步推上去，河风吹开他们的头发，眼前飘动的裙、裤和腿、蓝布鞋、解放鞋有节奏地向上移动，以及逐渐上移的前车轮以及后车轮。苏州河就在眼前了，推车人熟悉阶梯边的条条辙痕和阶梯的级数，即使是在朦胧的黑夜，也可以上下自如。现在，他们看到了泊在岸边的垃圾驳子，船头冒烟的柴灶，船在鸣号，装了棉花包子和煤块的画面在移动，桥面上有无数移动的脚，轮辐闪闪发光。每户人家的父母，还有外婆阿姨都是纺织厂的工人，她们的家庭情况也都差不多，不久，她和他的双臂都感到一松，车子已先后推到了桥上。他们有了登临的快意。

　　三十多年前的一个暴雨之夜，那个人推着一辆自行车从浜南过来，他不习惯宝成桥的下行台阶，他在雨中艰难跄跄，后座载着沉重的包裹，雨帽低遮他的面孔，雨水从帽檐流到他的鼻尖和下巴上，他在陌生的小巷和鸡笼、木桶、水缸之间穿行，雨水似乎从近旁的苏州河直接泼到他的车和包裹上，他攥紧车把，小心护住包裹，努力看一个一个昏暗的门牌号，最后，他找到那扇门，镇定了片刻，停车。

　　——在灯泡的黄光下，这户人家看清楚，来客是属于浜南的一位久违了的表亲。打开湿透的包袱布，表亲双手搬出一整罐"小黄鱼"（旧制一两的金条），压低声息，慎重托付户主保存。然后他转身，瞬间消失在雨幕之中。

一罐黄金，由一双手捧出，秘密递到另一双手上，雷声隆隆，全场灯灭，大幕落下。

在以后漫长的时期，浜南，浜北，一户曾经的富人，一户曾经的赤贫，依照着过去的方式，依旧没有丝毫的联系来往，印象中大雨似乎也再没有停歇，一直下个不停；在某一年的某个夜晚，那位曾接过沉重黄金罐，答应代为妥善保存的户主，在大雨中去世了，临终之时，不知他是否遗嘱后人，家里藏有一罐沉重的黄金——也许这最后的一刻，弥留者及后人都已遗忘了浜南表亲，包括这一个罐子。

事实只是，这户人家没通知那位表亲前来吊丧。

等到上海放晴的那天，表亲由浜南慢慢蹀到了浜北，得知户主的死讯，表亲谨慎询问起黄金罐的下落——这家人惊讶不已，记得是有这样的一个夜晚，表亲来了一趟——他们清楚记得双方当时的客套细节，留他吃便饭的细节、匆匆告辞的细节——此外他们不知还有其他细节，不知还有一个罐子，白色还是黑色，里面是装了黄金，装了玫瑰腐乳，都不记得了，没有这个印象。

表亲坚信，黄金罐存在于这间衰败的棚户之中——他立刻被允许进入这间破败的房子，像当年精明的抄家者那样，仔细察看每一道缝隙，每一寸可以怀疑的地方。

但是没有发现黄金罐。

在以后永无休止的交涉之中，黄金罐，逐渐变成了暴雨中的一个神话。

过了十年，二十年，浜北的这一大片棚户，终于拆掉了，宝成桥沿岸换了风景。

人们继续走上宝成桥，上得桥面，如同上了山顶，有景物，有栏杆，有小贩。风景大异，数年以前对岸残存的厂房已经换成高楼，浜北棚户也变为高楼，很多直立的高楼，南面国棉六厂改为"家乐福"，与武宁桥遥遥在望，一些有力的机体，一些竹柄的大锤正在继续拆毁那些厂房，各个角度，甚至可以说除了河，除了当年运来煤和棉花的这条弯曲的航道，周围都是陌生的楼了。

2001年，一位法国人让和他女友，在长寿路桥的苏州河畔租了一间民房，让没来过上海，因为写作计划得到一笔经费而成行，让的电影内容是：三十年代一上海纺织女工与一法国男人的恋情。出租房的东窗面对苏州河，楼下是昏暗的小发廊、盒饭摊和公用电话亭，出门走西苏州路，让喜欢豆制品，已经走遍苏州河两岸。

1990年，一日本研究生拿着三十年代的日文地图，整个暑假在这一带转，踏勘纺织厂，"浜北"工人棚户，访问老工人，她有着年轻的面孔，一口苏北上海话——"内外棉""潭子湾""包身工""顾正红"……

纺织女工，法国男人，杜拉，资本家，工会组织，罢工，请愿，饭碗，马桶，"拿摩温（工头）"，恋爱，汽笛，抄身婆，船，雨……

苏州河流经上海，最奇特的几个河湾都集中在这里。

但是黄金罐呢，传说它有五公斤重，有人说五十公斤重。

传闻和谣言，一直徘徊在大动荡或平静的时代，世象光明剔透，毫发毕现，也是浓云笼罩的黑天鹅绒帷幔，可以掩盖任何的声音和细节。

原载于《美文》2006年第4期

五行缺火

冰　心

　　我出生的那一天，全家都很兴奋，我的姑母把我的生辰八字拿去算命。算命先生除了说许多好话之外，还说我命里"五行缺火"。那时我的父亲在海上服务，我的二伯父谢葆璹先生就给我取了名字，叫"婉莹"，因为莹上面有两个"火"字（"婉"字是我家姐妹的排行，我的三个堂姐：大伯父房里的大姐，就叫"婉珠"，二姐叫"婉榕"，四叔父房里的三姐叫"婉聪"）。

　　这一下子，我的肝火就"旺"了！我的脾气急得很，刚会说话就"口吃"，因为一肚子的话，恨不得一口气就都说了出来，想做的事情，要立刻就做；想要的东西，要立刻到手。我的母亲十分严厉地对我说："你这种脾气，就是不能'处世为人'的！你要发脾气，只能对自己发，绝不能对别人发。"因此每逢有我看不过的事情，或想不通的事，只有自己使劲搓着双掌，或握拳捶着自己的头。

　　再大一点，上了中学会使用文字了，我才高兴起来。一切不顺眼、不称心的事我都可以用文字写出来。我用小说体裁写了

《斯人独憔悴》《秋雨秋风愁煞人》等短篇。

如今，每当肝火旺的时候，我还要写，年轻的编辑们就笑说："老太太的文章好是好，就是烫手。"烫手？！我有什么好说的，谁让我头上顶着两团"火"呢？

原载于《美文》1992 年第 2 期

缅怀吕荧师

张 华

　　我在山东大学读书的时候，校址还在青岛，那是二十世纪五十年代初。吕荧是我的业师，教文艺学引论课。我们都称呼他吕先生，他同时还兼中文系主任，但从来没听见有人叫他吕主任，那时学校还没有官场化。

　　吕先生其实并不姓吕，他原姓何，名佶；安徽天长县人。佶是健壮的意思，可吕先生体格实在谈不上健壮。据说吕先生在北大历史系求学时，跳远得过第一，可我们见到吕先生时，却已显得很羸弱，青岛四月末，虽阴湿已不寒冷，吕先生脚下却还套着臃肿的棉鞋，他才三十几岁。记得1951年夏，老友萧军特地从北京来看他，为了陪萧军，吕先生难得地出现在喧闹的汇泉浴场的海滩上。两人形成强烈的对比：萧军个头矮、敦实、黝黑、健壮，虎虎有生气；吕先生修长、白皙、瘦骨嶙峋，有点茫然、弱不禁风。见到吕先生来游泳，觉得很稀奇，同学们跑上来搭讪，吕先生说只是陪着到海水中泡泡，并不敢游，到海水淹没肚脐处就止住了，觉得水太凉。

因为体弱，又惯于夜晚用功，吕先生早起是个难题，上午第一节课常迟到。那时大学没有紧靠着校园的家属院，吕先生住的金口路离学校有一段路，山大校园狭而深长，延伸到半山上，所以从校门到化学馆楼上教室，还得一段时间。同学们等得焦急万分时，吕先生匆匆赶到了，立即引经据典，侃侃而谈。他思维清晰，逻辑谨严，语言准确简练，没有"这个这个""那么那么"的衬字，也没有"我们可以这样说"之类的废话。这可忙坏了学生，句句都重要，句句都要记，而又来不及记。当时没有教科书，全靠笔记。我至今还保留一本吕先生的笔记，是讲堂上速记下来又整理的。

吕先生讲课非常专注，现在叫投入。专注就忘了时间，下课铃和第二堂上课铃都没听见。第二堂课的时间过了一半，吕先生累了，才休息一会儿，接着又讲，到第三堂课铃又响了，吕先生还正讲在兴头上。这教室第三节是另外的班级上课的，师生早已猥集于门外，不耐烦的学生起哄了，吕先生这才下课，昂然而出，对起哄者投以不屑的目光。

尽管吕先生的课得到学生普遍的称赞，但仍有人不满。1951年11月，《文艺报》（当时是杂志）发表文章《离开毛主席的文艺思想是无法进行文艺教学的》，指名批评吕荧讲课脱离实际和教条主义，而"离开毛主席文艺思想"是个很重的罪名，按当时规矩吕先生就要承认错误做检讨。校长华岗是历史学家，很有修养的老党员，毕生憎恶极左思想，而又器重爱护吕荧；但他审时度势，还是劝吕先生表个态，稍做一点自我批评，了此一段公案。但吕先生是何等刚直自尊的人，岂能糊里糊涂认错敷衍了事？

于是只得开大会批评吕先生。第一次会据我的日记是在1951年12月12日，地点是大众礼堂，1984年我到青岛，这个礼堂还在，见了礼堂又使我回忆起这个荒唐的会。会的名称还算平和，叫文艺学课程座谈会，发言自然经过组织，内容也必经过审查，但批判也还谈不上激烈。不料吕先生却特别较真，在每个发言完毕后，他都气冲冲地到扩音器前辩驳："这个同学所说不符合事实。"或者："这个同学的意见完全错误。"这就弄得很僵，气氛很紧张。

鉴于吕先生没认错，决定会还要继续开。几天后大家又聚集在大众礼堂，但预定开会时间过了许久，仍不见吕先生到来，于是派人到先生寓所一看究竟，回来的人说，一个多小时前，先生就到火车站，坐火车去上海了。这就是吕先生在山东大学的不辞而别。

大约1952年大部分时间，吕先生都在上海翻译和写作，年底应冯雪峰之邀到北京，任人民文学出版社特约翻译，后来在胡乔木关照下被人民日报文艺部聘为顾问。这一段时间，吕先生著作颇丰，辑译了《列宁论作家》《列宁与文学问题》二书，还出版了《关于工人文艺》，这是到山大前在大连辅导工人文艺活动的成果。又翻译出版了莎士比亚的剧本《仲夏夜之梦》和普希金的诗体小说《叶甫盖尼·奥涅金》。

据下面班级同学告诉我，在我们年级学生毕业离校后，1953

年下半年吕先生又回到山大，给他们上了几个星期课，后来不知何因又回了北京。此事在各种回忆吕荧文字中均未涉及。2005年出版的一本书中志《记吕荧和胡风》一文说，华岗曾对她说，吕荧曾回到青岛，还租好一处房子。吕当时看上了一个女同学，向她示爱，但那女同学不同意，他又匆匆回北京了。这材料可以与我下面班级同学告诉我的情况互相印证，录以备考。

离开山大三四年间，吕荧生活一帆风顺，有了许多成果，出版了不少书籍，成就得到了承认，声望正在上升。刚到北京时，住在出版社楼上一间小屋里，这时用稿费（当时稿费很丰厚的）在北京东城土儿胡同购买了一所有十八间房的住宅。

1954年秋，吕荧的学生李希凡、蓝翎撰文批评俞平伯红楼梦研究中的唯心主义观点，以此为契机，发展为对胡适的批判，又转为对胡风的批判，从对其文艺思想的批判迅速上升为反党集团反革命集团。1955年5月25日，北京文艺界召开声讨胡风反革命集团大会，吕荧参加了这个会议，这是他一生的转捩点，使他走上悲剧的道路，但也使他人格得到升华，闪烁出瑰丽的色彩。

其实，5月16日，胡风夫妇已被逮捕，后来，南北的"骨干分子"纷纷入狱。开这个会，不过是完成手续，开除胡风作协会籍，撤销《人民文学》编委职位等，更重要的是造势，显示法办胡风是文艺界的愿望和心声。每一个人，要表个态，受受教育。吕荧参加会，也不过叫他受教育而已。但他却不知天高地厚，要对领袖的既定方略说三道四。

这个会的正式名字叫中国文联、作协主席团扩大会议，七百多人参加，郭沫若主持，欧阳予倩、叶圣陶、梅兰芳、吕骥、刘开渠、夏衍、田汉、冯至等二十六人发言批判声讨。本来并没有安排吕荧发言，在他本人几次写条子要求后，上了主席台。他究竟讲了些什么，第二天人民日报的报道只有一句："会上胡风分子吕荧在发言中为胡风辩护，遭到与会者一致驳斥。"根据几十年后与会者多人的回忆，他说的是，胡风不是反革命，他的问题是文艺思想上的，而不是政治上的。会场上的庸众哄闹起来，纷纷斥责他，张光年大叫："不要讲这些了，要交代你和胡风的关系。"郭沫若以主持人身份说："群众不叫你说了，你下来罢！"还有人回忆：吕荧不肯下台，是张光年把他拽下来的。

2001年6月张光年在北京接受采访时回答："一次反胡风会上，我突然站起来，向正在发言的吕荧同志提出质疑……那时候，整个儿是个人迷信，执行上面的政策。……吕荧同志我不熟，很对不起他……不要再说这件事了！……你们搞这段历史，根据当时的情况，该怎么写就怎么写，我一点意见都没有。"

现在看来，这个会简直是个可耻的闹剧，有人为虎作伥，有人落井下石，有人随波逐流，有人袖手旁观，人性的负面在这里展露。吕荧从容地挺身而出，成为抗击这股浊流的中流砥柱，作为社会良心，为中国知识分子挽回了荣誉。正像普希金所说，为自己树立了一座非人工的纪念碑。

会后不久，6月19日，经最高人民检察院批准，吕荧被隔离审查。所谓隔离，也就是叫他蹲在土儿胡同家里不准出去，也不准客人访他。萧军曾去过一次，遭到挡驾。1956年5月26日，解除审查。会场遭遇和近一年的隔离，对于吕荧这样一个正直单纯而又极端自尊的人来说，是完全不能理解和接受的。他大脑神经受到严重伤害，健康恶化，出现精神病症状，发生许多离奇古怪的想象。就在这种困难状况下，仍勤奋写作和翻译。《艺术的理解》和《美学书怀》两部著作及译作普列汉诺夫的《论西欧文学》相继问世。

1957年12月3日，吕荧美学论文《美是什么》在《人民日报》发表，文前有编者按："本文作者在解放前和胡风有较密切的交往。当1955年胡风反革命集团被揭露，引起全国人民声讨的时候，他对胡风的反革命面目依然没有认识，反而为胡风辩解，这是严重的错误。后来查明，作者和胡风反革命集团并无政治上的联系。他对自己过去历史上和思想上的错误，已经有新认识。我们欢迎他来参加关于美学问题的讨论。"这个按语据说是由胡乔木拟稿并由毛泽东亲自修改定稿的。这自然是政治平反的信号。因胡风问题罹祸而能网开一面，吕荧是唯一的幸运儿。

这按语中说吕荧对错误有所认识一点，还需要辨析。今天来看，吕荧有什么错？他在坚持真理，维护正义。那么他当时会不会息事宁人委曲求全呢？以他毫不苟且的性格看：不大可能。他在山大的表现就是例证。据梅志回忆：1961年她从狱中出来后，吕荧向她介绍1955年5月25日会议情况时，口气很大："我想纠正他们，但他们没让我把话说完。"

1959年，吕荧一人从北京来到上海，他似乎想像七年前一样在那里写作。但七年前的好友何满子、孔另境都成了右派。不得已他找到昔年在重庆相识的梅林，梅林把他介绍给叶以群。叶把他送到精神病院，关了一年。叶也算吕荧的朋友，且是安徽同乡，一次也没去病院探望他，吕荧一度以为遭了绑架，精神病加重。后来还是北京来人把他接了回去。

吕荧自1953年到北京后，就是孤身一人，与妻子已经离婚，两个女儿也随母而去。患了精神病后十余年间，关心探望他的只有冯雪峰、萧军、牛汉等人，年轻的有李希凡。李希凡是吕先生在山大授课时的课代表，师生关系密切。五十多年前山大批评吕先生时，他曾一度抵制，但终于屈服，在《文艺报》上发表过读者来信式的文字，批评文艺学课程的讲授。但后来李有过自责。二十多年前李为吕先生编过一本《吕荧文艺与美学论集》出版，在书的后记里，李为我们留下了1955年后十余年吕先生的生活情景："那时吕先生住在交道口附近的土儿胡同一个大院的后院正房。房子很破旧，室内陈设也显出单身汉生活的那种不整洁。桌上、床上以至沙发上，到处堆着书，放着香肠、面包、罐头，一个大烟灰缸里灭掉的烟蒂已叠成塔形……或许因为这院落太空旷了，每当我晚上去时，总感到有点进入古城堡的味道，特别是由于先生健康情况的恶化，他诉说着'离奇的想象'，更给人增加了一种孤寂的感受。"

1966年"文化大革命"伊始，吕先生在土儿胡同因琐事和邻居争执，其时正用水果刀削皮。第二天人民文学出版社就出了一张"胡风反革命分子吕荧持刀行凶"的大字报，就这样一个莫须有的罪名，吕荧被收容并强制劳动，临行还带着一台打字机和许多蜡烛，准备在劳改地夜晚写作。几经辗转，最后来到渤海边的清河劳改农场，这里被囚犯们称为最后一站。每人一天三餐总共只有九个热水瓶塞大的窝头，无医无药。1969年3月5日，吕荧因冻饿死于清河农场。死时体重不过五十斤，没有亲友在旁。死后没有悼念活动，甚至没有棺木，一卷破席埋到野地就结束了。幸亏当时吕荧身边有个难友是清华大学"反动"学生姜葆琛。十几年后从他口中我们知道了吕荧生命的最后历程。

十五年前，我曾写一短文，纪念吕先生，把他与法国德雷福斯案中的左拉相比。在吕先生为真理而殉难四十周年即将到来之际，我又勉力写成此文。最后，我引用涅克拉索夫回忆杜勃罗留波夫一诗中的几句，来表达我对吕荧师的无限崇敬和怀念之情：

　　……
　　怎样一盏理智的明灯熄灭了，
　　怎样的一颗心脏停止了跳动！
　　……
　　大地的母亲啊！这样的人
　　你倘不时而差遣到世上，
　　生活的田野就荒凉……

原载于《美文》2009年第8期

干菜岁月

舒　婷

邮来的朋友

山区梯田少，农忙时间短。不擅创收的知青们在漫长的农闲里百无聊赖，有什么东西能把他们掏出被窝呢？

日头数着东墙的桂树叶儿，慢慢攀到树梢，屋檐下的阴影就剩几巴掌宽。已经有一个女孩子坐在门槛上，没完没了耙那一头长发，嘴噙两根发卡。再来一个还是女孩，她已梳洗停当，双臂环胸倚着门楣。接着从被"割据"的门框，挤出一个光头男孩，他噔噔下两级石阶，揉揉眼睛就地坐下。最后起床的两个男孩相继晃出来，其中一位刚狠狠伸了个懒腰，立刻被坐门槛的女孩踹了一脚，又被靠门楣的女孩敲了一下脑袋。那人并不发火，走到日头下，把嘴张得不能再大，极酣畅极放肆地打了一个响亮无比的哈欠。

现在他们安安静静望了望门前小路。

小路一端拴着邻村的老樟树，另一端抛在公社小邮局的电线杆上。听说淫雨冲坍的路昨天修通，积压的邮件今天该分来了吧？

颈脖都酸了，眼睛也累了，轮值烧饭的人有气无力去劈柴。忽然有人率先欢呼：来了来了！抬眼见远远的坡顶，先冒出一个灼灼脑袋瓜，然后就是膨硕鼓胀的绿色邮包。

各自拿了信，趴在饭桌上，躲进寝室，溜到小河边，展读再三，又折起来仔细放好。不幸落空的人，自觉自愿顶替烧饭。那菜少盐寡味，饭一定夹生。

河在春天里满怀激情，小水电站慷慨地大放光明。男孩女孩围着饭桌，翻着不知被多少人传阅过的缺页损角的小说，把一张《参考消息》翻来覆去看了几遍。实在没有什么可读的时候，就会有人隆重推出一封美丽来信。

能够贡献出来作为集体精神财富的信件，一般产生于青春期的友情。如果比友情更多，得主居然抛出"奇文共欣赏"，虽然那信真的才情并茂，但写信的人肯定没戏了。个别家信因为大喜大悲，在知己之间悲欢与共也是有的。

渐渐地，一位温厚、潇洒、文采斐然的兄长自邮包里脱颖而出。他是老高三，比这个知青点的初中生们大了四五岁。他的朋友阿闽称他"绥"，大家跟着叫：绥来信了吗？绥什么时候来玩玩？请代向绥问好！

绥的潇洒体现在他疏朗明媚的字迹上，这些可以跟字帖媲美的笔画，洋洋洒洒倾泻在8开大纸上，磅礴欲出。阿闽的同伴们受了触动，饭桌上的晚间活动多了一项大练兵，人人发奋图强练就一手好字。绥的感伤，绥的孤寂，绥的深情似海，绥的字字珠玑，为这些攒着脑袋阅信的半大孩所望尘莫及。阿闽的笔记本里，除了用花体字加插图精心抄录的外国民歌、泰戈尔诗选，还有一部分断章，注有"摘自绥的某月某日来信"。

知青间的大串联在第一场农忙过后如火如荼，阿闽终于出发到遥远的地方去探望绥。那个地方虽然在同一个县，但步行要两天，信要走三天哩。回来时阿闽神情很沉郁，沉郁一向是绥的魅力品牌。当夜阿闽描写了他们的聚散匆匆，说临别时，绥送了一程又一程，阿闽走了老远，回头看见绥站在崖边，眼里有泪。

于是几个女孩为此，伏在臂弯里动情哭了一场。

现在绥该有五十岁了，当年那帮知青已过中年，成家立业。他们忙忙碌碌，打电话，发传真，上网络，顾不上沉郁。原先一手好字都荒废了。

有时心血来潮，跟孩子说起始终没有见过面的绥，孩子便捂着腮帮大叫：好酸！

小河殇

我们兄妹这一家，只有嫂嫂因长女照顾留城，其余五人都是知青。而除了我丈夫在另一个县插队外，我们四人均落户在上杭县一个绿色盆地里。我家小妹和准妹夫隔河相望。

河嘛，冬季里可以穿着鞋袜踩在卵石上纵跃而来。偶尔见一尾贪图淘米水的肥鱼，卡在石缝里，妹夫一鞠身顺手牵鱼。知青点里偌大的铁锅，许久不见油星，年轮似的锈了一圈又一圈，煎不成鱼。况且僧多鱼少。小妹便脸上很光彩地给我们氽鱼汤。

春水泛滥，河水恣意爬上两指宽的桥板，嬉闹着把它当跷跷板压垮。小妹一天好几次跑到窗前看河。我未来妹夫惘惘然的口哨声，在水一方。

门前下几级石板，顺着碎石拼凑的小堤坝走两步，就到了河心。早晨我们在这里盥洗，淘米洗菜。下午收工以后团一把稻草刷锄板，颠晃着簸箕。簸箕里的番薯红艳艳，萝卜白生生，芥菜生动活泼。吃过晚饭冲过凉，披着湿漉漉的头发又下到河心，洗汗酸的衣服。邻队知青在桥头拨吉他，我们一遍又一遍地唱着："我的家在东北松花江上……"河中有我们的望乡台哩。

河是我们的避难所。

中秋那天队里杀了猪，我们匀到两斤肉。分头去豆腐房割一板豆腐，房东家买几个青皮鸭蛋，讨一小把葱。大家团团围坐喝着家酿糯米酒过节。忽然发现不知何时我们中间少了一人。

拉开咿呀小木门，踱到晒坪上，听到河边苇丛有一支不成调的口琴。那个来河边寻求安慰的同伴刚刚失去了父亲，除了感情上的重创之外，他还面临经济来源的断绝，从此他连买八分钱邮票写家信都要小心斟酌了。

悄悄坐在他边上，我们无言盯着河面。那时我比他小，不懂如何安慰人。秋天的河流异常清澈，似乎要壁立起来，与山区剔透的空气融为一体。河风经苇叶淌到我们额上，溅出浪花如碎钻般晶莹。同伴的心情一点一点开朗起来，他眼里萤火虫一闪一曳。

这才知道什么是夜凉如水，月色如洗。多少年过去，我们错将月饼当中秋，而把明月遗弃在哪一座高楼的屋顶了？

深山砍柴或出山赶墟，农民总告诫我们：若是迷路了，只要侧耳听到水声，找到山溪或小河，顺着水流的方向，就能找到人家。当我孤身翻山越岭去邻县找同学，一二十里路鲜有人烟。只听见汩汩溅溅的水声，有时在足下，有时在肩旁，有时在涧草葳蕤的谷底。老朋友走起来可谓轻车熟路，给我壮胆又解我途中辛苦和寂寞。

伟大的河流是伟大民族文化的发祥地。那么小河小溪应是一方风水。我们去插队，其实是接受河的教育。在河两岸生养的人们展示给我们的善良、淳朴、乐天和无拘无束，正是沿袭了这一自然法则。

口噙水龙头，我们无形中萎缩，逐渐丧失活力。因为水不仅仅是水。

很多年以后我回到河边。老房东烧的是蜂窝煤，村民都到新掘的井挑水吃。河已不复当年"眼似秋波横，眉如青山黛"了。枯瘦如斯，污秽如斯，像负伤的动物苟延残喘。

祈求河的宽恕现在会不会太迟？

干菜岁月

妹夫的朋友也是知青，他乘出差之便，回了趟插队的地方。妹夫得到朋友送的两扎干菜，邀请我们去"忆苦思甜"。

可是妹妹采用肉多菜少的改良主义，把它粉饰成时髦名肴：霉干菜扣肉。虽然面目全非，我们仍然吃得感慨万分。

三十年前我们落户的地方山高水寒，长得最好的蔬菜只有芥菜。半年吃鲜菜半年吃干菜，可谓朝夕相见。鲜菜贱的时候极贱，芥菜饭、芥菜粥、菜梗炒肉丝（有肉的日子屈指可数）、青菜叶氽鸭蛋汤等等，真是对芥菜机关算尽。干菜的节目单就没有那么热闹，能搁一块肥肉在大海碗干菜上，蒸得油汪汪的，跟过年也差不多了。平时浇一勺米汤滑口些罢。眼看干菜不能坚持到来春，精打细算地撒一把切碎的干菜，放在盐水里烧汤，也能下两碗饭。咳，若连干菜也接济不上就惨了，只好烧点酱油汁调饭。

茄子、丝瓜、南瓜都赶在夏天锦上添花，唯有干菜在凋敝的冬日雪里送炭。这就是"食不厌精"的今天，我们回过头去，对干菜充满感激之情的缘故。

我们戏称"一枝春"（乌龙茶类之一）的干菜，和茶叶一样干瘪苦涩，毫无维生素可言。但我们未经紧肤液护手霜料理过的皮肤细腻白皙，我们不知护发素为何物的头发乌黑亮滑，是因为溪水的滋润、山风的呵护么？我们的肠胃要如何脱胎换骨成为无坚不摧的压榨机，才能把这些绳索一般的纤维消化成最基本的营养？我们的血液要如何紧缩开支，才能将有限的能量分配给大脑，让我们不知疲倦地彻夜唱歌、打扑克、聊天，读辗转求得且限时归还的小说，兼顾我们的手脚，要插秧、莳田、吆牛、割禾，更不能忽略我们的腰背，它承担所有最繁重的劳动，比方肩挑上百斤公粮翻三十里大山，最后还有我们的心：因饥肠辘辘而耗尽想象力去画饼，因离乡背井而床前明月乱如麻，因招工招生而七上八下，因爱情而沮丧而鹿撞而奔高跃低。

我们说心跳得很快时，干菜仍然尽职维持着肾上腺素的功效。

当初与干菜并非一见钟情，餐餐顿顿在房东家的饭桌上唯此冤家，让我们恨死。知青点自开伙食后，既不懂也懒得拾掇菜地，慢慢习惯与干菜做贫贱夫妻。如今年近半百，阅尽这菜那菜，重新品尝干菜岁月，蓦地阵阵热浪直达眼眶，有如初恋一般酸甜兼半。

读张贤亮一篇随笔，提醒我们在回味右派流放途中的九死一生，五七干校"牛鬼蛇神们"的黄连树下弹琴，以及知青生涯里某些方面寸利必争某些日子又相濡以沫的历史时，不要粉饰或篡改真实，不要忘记憎恨苦难、声讨暴力，不要忘记为更多在贫困、屈辱、绝望中丧失前途、信念乃至宝贵生命的人们作证。

至少，不要背着舌头歌颂起美丽的干菜。

是的，当我们说枯槁的干菜岁月时，我们怀念的是自己多汁的青春时代，虽然有悔。

原载于《美文》1998 年第 12 期

第二辑

Part. 02

人 间 风 情 万 种

巍巍金庸

余秋雨

一

那天中午，在香港，企业家余志明先生请我和妻子在一家饭店吃饭。

慢慢地吃完了，余志明先生向服务生举手，示意结账。一个胖胖的服务生满面笑容地过来说："你们这一桌的账，已经有人结过了。"

"谁结的？"余志明先生十分意外。

服务生指向大厅西角落的一个桌子，余志明先生就朝那个桌子走过去，想看看是哪位朋友要代他请客。但走了一半就慌张地回来了，对我说："不好，给我们付账的，是金庸先生！"

余志明先生当然认得出金庸先生，但未曾交往，于是立即肯定金庸先生付账是冲我来的。那么要感谢，也只有我去。

到了金庸先生桌边，原来他是与台湾的出版人在用餐。这桌子离我们的桌子不近，他不知怎么远远地发现了我。看到我们过去，他站起身来，说："我认识秋雨那么多年，一直没机会请吃饭，今天是顺便，小意思。"

二

确实认识很多年了。

最早知道金庸先生关注我，是在二十六年前。有一位朋友告诉我，金庸先生在一次演讲时说："余秋雨先生的家与我的家，只隔了一条江，面对面。"

这件事他好像搞错了。他的家在海宁，我的家在余姚，并不近，隔的不是一条江，而是一个杭州湾。他可能是把余姚误听成了余杭。

初次见面时，我告诉他一件有趣的事。当时，我的书被严重盗版，据有关部门统计，盗版本是正版本的十八倍。我随即发表了一个措辞温和的"反盗版声明"。没想到北京有一份大报登出文章讽刺我，说："金庸先生的书也被大量盗版，但那么多年他却一声不响，一言不发，这才是大家风范、大将风度。余秋雨先生应该向这位文学前辈好好学习。"

金庸先生听我一说，立即板起了脸，气得结结巴巴地说："强盗逻辑！这实在是强盗……逻辑！"

他如此愤怒，让我有点后悔不该这么告诉他。但在愤怒中，他立即把我当作了"患难兄弟"，坐下来与我历数他遭受盗版的种种事端。他说，除了盗版，还有伪版，一个字也不是他写的，却署着"金庸新著"而大卖。找人前去查问，那人却说，他最近起了一个笔名，叫"金庸新"。

我遭遇的盗版怪事更多，给他讲了十几起。他开始听的时候还面有怒色，频频摇头，但听到后来却忍不住笑了起来。他说："这些盗贼实在是狡黠极了，也灵巧极了，为什么不用这个脑子做点好事？"

我说，每次碰到这样的事我都不生气，相信他笔下的武侠英豪迟早会到出版界来除暴安良。

他说："最荒唐的不是盗版，而是你刚才说的报刊。我办《明报》多年，对这事很敏感。世界上没有一个国家的传媒敢于公开支持盗版，因为这就像公开支持贩毒、印伪钞，怎么了得！"

在这之后，我与他见面的机会越来越多。北京举办一些跨地域的重大文化仪式，总会邀请他与我同台。甚至全国首届网络文学评奖，聘请他和我担任评委会正副主任。颁奖仪式他不能赶到北京参加，就托我在致辞时代他说几句。平日，我又与他一起听李祥霆先生弹奏的古琴，喝何作如先生冲泡的普洱茶，彼此静静地对坐着，像是坐在唐代王维的别墅里。

有一天，在一个人头攒动的庞大聚会中，他一见到我就挤过来说，北京有一个青年作家公开调侃他不会写文章，而且说浙江人都不会写，一个记者问起这件事，他就回答，浙江人里还有鲁迅和余秋雨。

我立即说："已经看到了报道，您太抬举我了。其实那个青年作家是说着玩，您不要在意。"

接下来，发生了两件不太愉快的事。

一件好像是，某次重编中学语文教材，减少了原先过于密集的五四老作家的作品，增加了一段金庸作品中的片段，没想到立即在文学评论界掀起轩然大波，说怎么能引导年轻一代卷入武侠；另一件是，金庸先生接受浙江大学邀请，出任文学院院长。不少学生断言他只是一位通俗武侠小说家，没有资格，一时非议滔滔，一些教师和评论者也出言不逊，把事情闹得非常尴尬。

这两件事，反映了当时大陆文化教学领域的浅陋和保守。大家居然面对一位年迈的文学大师而冥顽不知，还振振有词，劈头盖脸，实在是巨大的悲哀。

我立即发表文章，认为"金庸的小说，以现代叙事方式大规模地解构并复活了中国传统文化，成就不低于五四老作家群体"。

我还到浙江大学发表演讲，说："东方世界的任何一所大学，都会梦想让金庸先生担任文学院院长，但没有一所大学能够相信梦想成真。不知浙江大学如何获得天匙，他来了。你们本来有幸成为本世纪一位文化巨人的学生，但是你们因无知而失礼，终于失去了自己毕生最重要的师承身份。"

显然这是重话，我对着几千学生大声讲出，全场一片寂静。

但是，我觉得还是应该进行更系统的阐述。因为，"金庸是谁"，已成了中国当代文化的一个重大课题。现在文化界的多数评论家还只把他说成是"著名武侠小说家"，并不错，但不到位。

三

事情还要从远处说起。

中国自鸦片战争开始爆发的军事、政治、经济危机，最后都指向了文化的重新选择。文化的重新选择应该首先在文艺上有强烈表现，例如欧洲自文艺复兴之后的每次重新选择都是这样，但中国在这方面却表现得颇为混乱和黯淡。

有人主张对传统文化摧枯拉朽，提出"礼教吃人""打倒孔家店"。这既不公平，也做不到，因为作为人类历史上唯一留存至今的悠久文明，绝不可能如此粗暴地被彻底否定。而且，彻底否定之后改用什么样的文化来填补，这些人完全没有方案。他们自己写的作品，虽然在话语形式上做了改变，却没有提供任何足以代表新世纪的重大文学成果。

有人相反，主张复古倒退，因循守旧。这在陷于危亡的形势下更不会有成果了，参与者之一林琴南还在别人帮助下翻译了大量西方作品，因此便成了一种言行不一的虚伪论调。

更多的人是躲避了文化本体的建设重任，只把文学贬低为摹写身边现实，发泄内心情绪的工具。所谓现代文学史，大多由这样的作品组成，因此显得简陋和浅薄。

对于中国传统文化，这三拨人无论骂着、供着或躲着，谁也没有直接去碰触，去改造，去更新。

正是在这种情况下，出现了金庸。他不做中国文化的背叛者、守陵者和逃遁者，而是温和而又大胆地调整了它的结构，重新寻找出其间跨时空的故事因素并全面更新了讲述能力，再以现代都市的传播方式使之具备了当下发散的巨大魅力。

因此，他是一个把中国传统文化激活于现代都市的文学创新者。

两年前，我曾应潘耀明先生之邀，在香港作家联谊会的一次聚会中，做了以下三方面的演讲——

第一，金庸在守护中华文化魂魄的前提下，挪移了这种文化的重心。重心不在儒家了，也不在彻底反叛的一方，而是挪移到了最有人格特征和行为张力的墨家、侠家、道家和隐士身上。这是以现代美学和世界美学的标准，在中国传统文化的人格长廊内所做的一次重新发现。重新发现的结果，仍然属于这种文化、这部历史、这片山水，只是由于割弃了僵滞，唤醒了生机，全盘皆活。因此，如果原先不熟悉中国传统文化的下一代和外国人从中感受到了一种神奇的活力，也并非误读。这中间当然也包含着对传统文化的"局部反叛"，但这种局部反叛比彻底反叛更加重要，因为它调皮地抽取并延展了一种古老文化的宽阔生命。

第二，他在完成这一任务过程中，动用的是纯粹的小说手法，那就是讲故事，或者说"精妙叙事"。中国现代作家可能是心理压力太重，虽然文笔不错，也能描写，却严重缺少讲故事的能力，几乎没留下什么真正精彩的故事。本来，小说的基本功能就是讲故事。以万般虚拟故事的无常和有序，来补充人生的无常和有序，乃是天下小说家的天职。金庸在小说中所讲的故事，有别于《三国演义》的类型化，《水浒传》的典型化，《西游记》

的寓言化，《聊斋志异》的妖魅化和《红楼梦》的整体幻灭化，而是融化这一切，归之于恩怨情仇的生命行动。这种生命行动就是故事的本体，不再负载其他包袱，因此显得快捷、爽利、生气勃勃。正是在这一点上，他尽到了一个小说家最质朴的职业本分。需要说明的是，为小说、戏剧、电影、电视编好故事，已成为当代世界文学的一种共同承担。对于这一点，金庸很早已经领悟。

第三，就像《三国演义》《水浒传》由于起自"说书"场所，决定了它们的内在结构和表达节奏，金庸的小说也因产生的方式，形成了独特的形态和功能。这些为了逐日连载而写成的小说，几乎天然地具有强烈的情节性、行动性和悬念的黏着性。而且，它们又必须快速流传，流传在信息密集、反馈迅捷的街市间，人人抢读，处处谈论，随之也就成了现代都市生态的组成部分。这就是说，金庸不但让现代都市接受了他的江湖，而且让现代都市也演变成了他的江湖。江湖的本来含义，应该是"一个隐潜型、散落型的道义行动系统"；自从有了金庸，江湖搬到了城里，搬到了熙熙攘攘的人群心间，它的含义也变了，变成了"一个幻想型的恩怨补偿系统"。对于这样的一个江湖，香港不仅欣赏了，而且加入了。结果，金庸小说里的那些人物，似乎也都取得了"香港户口"。香港因金庸而产生了文化素质上的改变，这可是一件不小的事情。世界上很少有作家做到过。

以上这三个方面，金庸显得既勇敢又沉着。他说北京有青年作家调侃他不会写文章，我大概猜出这位青年作家是谁了。这位青年作家很有才华，善于在反讽中解构，在解构中幽默，创造了新一代的文学风范。但他在反讽金庸时可能没有想到，正是这位前辈，完成了更艰难的解构。把庞大的古典文化解构成一个充满想象力的现代江湖，居然还让当代青年着迷，这还不幽默么？

海明威坚信，最高的象征不像象征。那么我们也可以顺着推演下去，最高的解构不像解构，最高的突破不像突破，最高的创新不像创新。金庸的小说，从总体上也可以看成是绣满了古典纹样的"后现代文学"。

细细想来，金庸只有在香港才能完成这个巨大的文学工程。为此，我更要对香港文化高看一眼。

听了我上面这个演讲，香港作联会的好几位年长作家问我，这种观点会不会引起内地那些现代文学研究者的不悦。我说，让他们不悦去，我其实是在帮助他们。背靠着神奇的大湖视而不见，却总是在挖掘那些小沟小井，挖掘得一片狼藉。我劝他们转个身，看一眼水光天色，波涌浪叠，然后，到水边洗净自己身上的污泥和汗渍。

四

出乎所有人的意料，年过八旬的金庸先生又做出了一个惊人的决定，他要到英国去攻读博士学位。

很多媒体用嘲讽的语言进行了简略报道，说他是"为了一圆早年失学的梦"。我知道，这又是那些拿到过某些学位的评论者在借着金庸而自我得意了，就像当年放言金庸不能进课本，不能做院长那样。

金庸早已获得各种文化荣衔和国际名校的荣誉学位，还会在乎那种虚名吗？他是要在垂暮之年体验一种学生生活，就像有的健康老人要以跳伞来庆祝自己的九十寿辰、百岁寿辰一样。这种岁月倒置，包含着穿越世俗伦常的无羁人性。

我只担心，他如此高龄再到那么远的地方去过那样的学生生活，身体是否能够适应。

他妻子对我说："已经劝不住了。如果你能劝住，我会摆宴请你吃饭。"

当然劝不住。

我只得问金庸先生："你攻读学位的研究方向是什么？"

金庸说："研究匈奴被汉朝击溃后西逃欧洲的路线。"

我一惊，这实在是一个最高等级的历史难题。匈奴没有能够灭得了大汉王朝，却在几代之后与欧洲的蛮族一起灭掉了罗马帝国。但由于他们没用文字，不喜表达，几乎没有留下什么资料。我在世界性的文化考察中，也常常对这个难题深深着迷，却难以下手。

我问："你的导师有多大年龄了？"

金庸笑了一下，说："四十多岁。"

我知道他并不企图把这个难题研究清楚，而只想在那条千年荒路上寻找一些依稀脚印。即使找不到，他也会很愉快，返回时一定满脸泛动着长途夜行者的神秘笑容。而且，最让他得意的，是暮年夜行。

后来，我终于看到了他穿着红色学袍接受学位的镜头，身边是一大群同时获得学位的西方学子。

这些西方学子也许不知道，这位与他们一起排队的东方人是谁，有多大年纪。他们一定不知道，今天，自己与星座并肩同行。

面对这个镜头我笑了。眼前是一个最完整的大侠，侠到不能再侠；也是一种顶级的美学，美到不能再美。这比东西方所有伟大作家的暮年，都更接近天道。在这种天道中，辽阔的时空全都翻卷成了孩童般的游戏任性，然后告知世间，何为真正的生命。

原载于《美文》2019 年第 3 期

汪曾祺：民间，风情万种

王国平

一

《我和民间文学》，汪曾祺提倡作家读点民间文学，好处是"涵泳其中，从群众那里吸取甘美的诗的乳汁，取得美感经验，接受民族的审美教育"。

深以为然。

来自民间的，包括神话、传说、歌谣、民间故事、民间戏曲、民间曲艺、乡村俚语等，是有真营养的，养眼，养耳，养心。

只说说民歌。

在新疆伊犁尼勒克诗会上，甘肃诗人郭晓琦兴头上唱起了民歌，其中有这么两句：

"黄河的水啊干掉了，流浪的人啊回来了……"

当时有点蒙了。

"黄河的水啊干掉了"，这还了得！出大事了！黄河这一汪大水的意义，在华语语境是"叠床架屋"的。现在，黄河的水干了，这就不仅仅是环保、生态的事了。

都到这个份上了，流浪的人回来了。

我宁愿相信这是闻知消息后自觉回来的。之前在外流浪，再苦再累再委屈，心里还是有根有魂的，家乡的黄河水是内心深处最稳妥最坚实的倚靠。这回，水干了，魂不守舍，没有了北，于是回来了，留下一堆白，等着补空。

回来干什么呢？

消极着想，是哭诉，是凭吊，是祭奠。

积极着想，是赤膊上阵，是绝地反击，是向死而生。

简单的两句，平常的字，并置在一起，蓄满了张力，真正的张力。

民歌，朗朗上口的旋律之间，藏着的是浓浓的情与思。

日头哥哥快下山，

我打长工好艰难；

一日三餐糙米饭，

一粒豆儿下三餐。

这是我老家流传的民歌。"一粒豆儿下三餐"，这语言太厉害了。

民间自古有高人，民歌亦是"才子歌"。

单身汉，好伤心。

出门一把锁，进门一盏灯；

灯也望着我，我亦望着灯，

冷水洗冷脚，冷被盖冷身。

单身汉，太苦了，"我看灯盏多寂寥，料灯盏看我应如是"。

曾经的民间疾苦都是通过民歌唱出来的。

甘肃陇南市康县，流传着一部长篇叙事体民歌《木笼歌》。讲的是清道光年间，康县对山上的花儿姐长得俏，被恶人看上了，不从，再被诬陷坐上木笼囚车，到县衙受审，途中斗智斗勇，历尽千辛万苦，与恋人林秀终成眷属的故事。

受审时，花儿姐唱：

见官说话凭理讲，

公鸡夺食靠嘴争，

要学松柏站着死，

不学豆芽跪着生。

被押解途中，花儿姐的唱，像摄影机镜头，定格百姓的生活状态：

木笼抬到平洛街，

半年无雨遭旱灾，

皇粮一颗也不减，

十家九困把牙歇。

穷到什么程度？牙齿都歇息了，"免开尊口"，可想而知。

木笼抬过热死湾，

路边热死一老汉，

临死没喝一口水，

舌头干成瓦片片。

热到什么份上？舌头成了"瓦片片"。此刻舌头不由得一凉。

坏人登场了：

邱五德来性子急，

碰着蜂子就想蜜，

寅时买麻织成网，

不到卯时就想鱼。

邱五德就是那个恶人，成县把总邱文炳之子，遇见花儿姐就傻眼了，寅时和卯时只相差一个时辰，就猴急着要把花儿姐娶回家。这人实在是太坏了，不过倒也映衬出花儿姐的风姿与神采。

花儿姐不仅貌美，而且有能耐。"关公的刀李广的箭，花儿姐的牙齿咬断线。"面对贪官污吏，花儿姐能言善辩，大快人心。

"南有刘三姐，北有花儿姐。"在民歌界，刘三姐是个标杆。相传湖南郴州嘉禾县有个罗四姐，也跟刘三姐比试过。

一个唱：

> 倒唱顺唱都是歌，
> 两岸青山都是药，
> 岭上黄牛都是马，
> 百鸟下堂都是鹅。

信手拈来，张口就是，嘴巴跑得比脑袋还要快几步。

一个不示弱：

> 鸡婆崽，矮婆梭，
> 三岁女儿会唱歌，
> 不是娘爷教会的，
> 自己肚里意思多。

脑袋里的歌儿已经满了，要溢出来了。

罗四姐的老家嘉禾我是去过的，这里盛产伴嫁歌。

我姐生得白如银，

瓜子脸来爱死人。

走在路上有人爱，

坐在家里有人来。

这是夸新娘子的，毫不口软。

还有一首名字就叫《八看姐的美》，包括头、脸、眉、眼、牙、手、衣、身，扛得住"显微镜"，也不怕"探照灯"，对姐就是这么有信心，让你看个够。

夸起来，不含糊。骂起来，不落俗：

死媒婆，瘟媒婆，

吃了好多老鸡婆。

你初一吃初三死，

初三埋在大路坡。

牛一脚，马一脚，

啃出肠子狗来拖。

这也太狠了。没法再狠了。"你初一吃初三死，初三埋在大路坡。"这句最厉害了。想想初二这天媒婆过的是啥日子。

还是多一点欢乐的为好：

女呀，喊你早晨回来呀。

娘呀，早晨回来露水大呀。

女呀，露水大上午回来呀。

娘呀，上午回来太阳大呀。

女呀，太阳大就借把伞回来呀。

娘呀，借把伞借不出来呀。

女呀，借不出来就下午回来呀。

娘呀，下午回看牛娃子多呀。

你无法叫醒一个装睡的人，更无法唤回一个心跟着姑爷远走高飞的出嫁闺女。

还是湖南，桑植有首民歌，《马桑树儿搭灯台》，有这么几句：

你一年不来我一年等，

你两年不来我两年挨哟，

钥匙不到锁不开。

曲调好听，特别是"钥匙不到锁不开"这句，耐人寻味。

《我和民间文学》里边，汪曾祺收录了一首桑植的土家族民歌：

姐的帕子白又白，

你给小郎分一截。

小郎拿到走夜路，

如同天上蛾眉月。

"我认为这是我看到的一本民歌集的压卷之作"，汪曾祺说。

二

《浅处见才——谈写唱词》，汪曾祺说他在张家口遇见过一个说话押韵的人。这个人冬天把每天三顿饭改成了一天吃两顿。汪曾祺问："改了？"得到的答复是：

三顿饭一顿吃两碗，

两顿饭一顿吃三碗，

算来算去一般儿多，

就是少抓一遍儿锅。

汪曾祺发现，这个人的语言除了押韵，还富于节奏感，"'算来算去一般儿多'，如果改成'算起来一般多'，就失去了节奏，同时也就失去了情趣——失去了幽默感"。

打油诗自有风致。

翻读《第三届中韩日东亚文学论坛作品集·中国卷》，收录莫言的《与校友漫谈》。莫言自我评估，如果说他有什么长项的话，就是喜欢写打油诗。他给一个笔名为"彦火"的朋友的会馆写字，计划写"星星之火，可以燎原"，落笔却写成了"星星之花"。于是就将错就错：

> 星星之花原上开
> 引得凤蝶联袂来
> 莫道会馆地面小
> 高朋满座皆贤才

当时莫言展望，将来可以以写打油诗为主，没准儿过两年出本打油诗集。

他追溯，自己之所以拥有这项才华，要感谢父老乡亲，"在农村，很多农民都有这个才能。我们村子里面有很多一字不识的人，却能出口成章，字字押韵。从小就跟他们在一起，受了影响"。

我在老家也遇见过这么一位。八十多岁，无儿无女，吃低保，算是"拾荒老人"，喜欢编顺口溜，用他的话说是"表上一表"。他的姓名中有个"爱"字，大家按照当地习惯喊他"爱爹"。

1998年，江西九江是洪水重灾区。"爱爹"把自己看到的、听到的"表上一表"：

> 九八洪水超百年，
> 鄱湖受灾半边天。

住的房屋都倒塌，
没有饭吃没衣穿。
水无情来人有情，
遭的损失数不清。
各项物资般般有，
送到灾民的手中。
国家政府言在先，
移民建镇来搬迁。
各行各业节省钱，
每户一万五千元。

　　老人家始终在状态，村里修路了，乡里的小学盖新楼了，乡里的企业效益好了，他都要说上几句。有时还要自谦一下，说自己不过是"粗言粗语说一篇"。

　　如此这般，我不跟着凑个热闹就不好玩了——

是花不香色也欢，
是人自有八两才。
高手就在村头住，
脑袋快些低下来。

这不是虚话，常言道："成熟稻穗多低头。"
不过，这些打油诗在韩复榘面前都要低下头来。

远看泰山黑乎乎，

上边细来下边粗。

有朝一日倒过来，

下边细来上边粗。

"这是咏泰山诗的压卷之作！"汪曾祺说。

三

《滇游新记·大等喊》，汪曾祺写了在云南瑞丽一个傣家村寨住了几天的所见所闻。"等喊"是傣语，意思是堆金子的地方。恰好当地有两个寨子，都叫"等喊"，这带来诸多不便。于是，就各在前面加上一个字，以示区分：大等喊、小等喊。

此类思维方式，典型的"简单粗暴"，有点欺负人！

我也算个"受害者"。

上小学时，跟同班同学重名了。我年龄小一些。老师先是让我写名字时在后边缀上一个括号，标注一个"小"，字体也要跟着小一号，也就是这个样子，"王国平（小）"。后来觉得麻烦，直接让我更名为"王小国"。直至上初中，那位同名的辍学了，我才重新捡回我的名字。不过，留下个"后遗症"：至今同学相见时，还是称呼"小国"，让我一顿恍惚，缓不过神来。

也有处理得不错的。

山东省滨州市惠民县胡集镇，就是每年正月有胡集书会的地方。这里有两个村子，一个是"徐"村，一个是"许"村。一个阳平，一个上声，读起来，特别是用方言读，分不清。

按照惯常的路子，可以从方位入手，东南西北，这个好办。如果要分大与小，则要定个标准。至于怎么定标准，各有千秋。比如，哪个村子的面积大，或者人口多，再不济打一场群架，以拳头定输赢。——那天在北京东花市大街上走着，眼瞅两辆车有了点剐蹭，两位司机竞相大吼，拼着嗓门，肚子都贴在一起了。一骑车的路过，拉车闸，右脚点地，亮起纤细的嗓子："嘿！别介！哥们儿！这算什么事！打呀！×！"右脚收回，用力一踩，走了。

民间处理或大或小的纠纷，办法总是有的，有时还很激烈，放大招。

岳南的《那时的先生》，写了抗战期间一批知识分子流亡到四川宜宾李庄的来龙去脉。说历史上李庄有张氏、罗氏、洪氏三大家族，张家和罗家总是磕磕绊绊，结下梁子，经常口角相向，继而互殴，恩怨难解，无休无止。洪家想着张家顶子多，罗家银子多，就出了个馊主意，"即以武林惯用的华山论剑之法予以办理"。具体方案，就是在李庄对岸桂轮山一个高处平台，张家备好朝廷命官，罗家备好银子。双方向江中扔活人与白银。张家扔下一个官员，罗家扔下一筐白银，直至一方宣布败北才鸣锣收兵。

这就野蛮了。哪知盛气之下，张、罗两家同意了，还真玩起了这个"游戏"。结果张家耍了滑头，令罗家举手投降，从此趾高气扬。

整个看下来有点像民间传说。

汪曾祺写有一篇《水母宫和张郎像》，也讲了一个"不可信"的民间故事。说山西太原有一股很粗的泉水，名为"难老泉"。东边和西边的村子都要饮用这个泉水，怎么分，是个问题。两个村子连年打官司、打架，刀光剑影的。后来一个地方官脑袋发热，熬了一锅滚开的热油，扔进十个铜钱，让两边各出一个人，伸手到锅里捞，哪边捞出几个钱，就分几股水。

——这要是路遥笔下的金富在场，就不在话下了。《平凡的世界》详细写了金富向王满银传授偷盗的功夫：伸开两只手，将突出的中指和食指连续向砖墙上狠狠戳去。每天清早起来，在吃饭和撒尿之前，练五百下。一直练到伸出手时，中指和食指都一般齐，这样夹钱就不会拖泥带水。另外，弄一袋豆子，每天两只手反复在豆子中插进插出几百下。练好了基本功，再加码，上更难的，那就是在开水里放上一个薄薄的肥皂片，两个指头下去，练着把这肥皂片夹出来。因为水烫，速度自然就要加快，肥皂片在水里又光又滑，能夹出来，就说明功夫到家了。

扯远了，回到泉水的事。东边村走出一个后生，伸手到油锅里捞出七个铜钱。一锤定音，东边用七股水，西边用三股水，认了，不再有争端。

再回到徐村与许村的事。当地有高人支招：一个叫双人徐村，一个叫言午许村。

天下太平。

关键是还有点意思。

原载于《美文》2018 年第 8 期

一个脑力劳动者的旅行

穆　涛

一

说实话，游记还是旅行家写得好。

作家们写游记用心不在旅行上，他们注重的是心领神会，注重意气风发，作家一般不会在旅行考察上下踏实的笨功夫。因此，读作家的游记可能会享受，会有人生的启发，但不会拓宽认知的领域，更不会过瘾。1492年10月12日，这是一个星期天，哥伦布第一次到达美洲，他在航海日记里写道："十点钟，我们到达了这个岛的一个海角，船队的其他船只也抛锚停下了……这里的鸟类和我们国家的看起来极其不同。还有上千种不同的树木，树上长满果实，香味使人垂涎欲滴。让我感到非常遗憾的是我不知道这些树的名字，但我确定它们都很有价值，所以我保存了这些树和植物的标本……不久我们就看到几个当地人向我们走过来，其中有一个接近了我们。我们给了他一些鹰铃和玻璃珠，他很高兴。作为交换，我们向他要一些水。当我回到船上时，那些当地人已经带着装满水的葫芦来到了岸边，而且表现得很高兴。我下令再给他们一些玻璃珠。他们答应第二天再来。我希望能在这个地方将船上的水桶装满水，如果天气许可，就马上离开，绕岛航行，直到我找到这里的国王。因为我听说他拥有很多黄金，所以试试看能否得到些。"如果哥伦布是一位作家，他不会选择这样的角度去写，也不会这么直截了当。再如果哥伦布是一位中国作家。他不仅要弄些起承转合出来，还会抒发些胸臆或社会理想，并做出适当的升华。

我一直以为游记重在记录，不宜有过浓的文章感。至于游记的可读性问题，这要取决于游者的性情和读者的兴趣点。

作家的游记如同文人函。多是图个自己高兴。而一些职业画家的画，场面看着不好看，但价值高。究其不好看的原因，或许也有看的人是门外汉的因素在其中。在此举一个例子，因为和贾平凹做同事，业余时间里常见到他作画。他的书法真是好，有章有法，饱满浑然，而作画就多了自己的意气用事，基本上是想怎么来就怎么来。前些日子他画了些山水，专门打电话约我去欣赏，且认真地问我有没有学院气。在单位里他是领导，是我的大屋檐，不得已就顺着他的话恭维他，"胆敢画山水就很不容易了，这几幅画的确有学院气，但学院是民办的"。

当下的文人游记是越来越不好写出特点了，原因有三个：

一、对公众有神秘感的名山大川所剩已经不多了，就像打一把亮着底牌的牌，一切都在桌面上。

二、传统游记的规则是建立在古汉语基础上的。现代汉语言尚不够成熟，仅走过一百年的路，是当今世界重要民族语言中最年轻的。现代汉语词汇本身的涵盖度和弹性无法与古汉语比拟。从这个层面上讲，作家建立自己的语言风格就显得异常重要。近日读到李欧梵先生的一本书，他写到一位诺贝尔文学奖的评委谈北岛的诗，说首先感觉像译诗。对一位作家来讲，这样的评价多么可怕。

三、文人游记的传统是载道。我们古人的人生理想比较单一，无外乎"居庙堂之高"如何，"处江湖之远"如何。在古代，大的文人就是文坛领袖，可以一方以蔽之的。现如今时代不同了，天下人都是一样。再大的文人也是个体户，用北京老百姓嘴里的那句话说，谁服谁呀。因此当今的文人要练一身真正的看家护院本领。

另外还有一条，以前也不敢黑纸白字明明白白说的，现在正值改革的年月，说说估计也无大妨碍。古时的文人推崇携妓游，是时尚，是雅集。所谓的"名妓失路，名士落魄"，惺惺惜惺惺，怡然且灿烂。曾读过一位著名学者的酸文章，说古人携妓狎游是，"解生活和政治上的郁闷，抒一代兴衰，作千秋之感慨"，从如此之高的定位中，可以偷窥出这位先生求复辟的苦心。

二

第一次见陈霁，是在四川九寨沟的偶然相遇，偶然往往是天意。在一个本地农家的小酒馆里，酒是土酒，菜是土菜，我们辜负了九寨沟的美好景物，在一起畅畅快快地糊涂了几个小时。第二次见面是在绵阳，他写了一本游记，叫《诗意行走》。我南翻秦岭，过隧道，从西安赶了十几个小时的路去开这本书的研讨会。朋友写的书，只要是送我的，我基本上都会念完，除非个别太不像话的。但我很少写书评，写书评就像给人挠痒，我眼拙，担心挠不到痒处让朋友更痒。但开研讨会是集体挠痒，不用担心什么，总会有人挠到地方。因此我就翻山涉水地去了。

陈霁是作家，同时是官员，是政府齿序中的一颗，说话和走路都是一板一眼的，有官员的基本功。即使是酒后，舌头都大了，言语仍不张弛。人虽古板些，文章却写得宽松。这本游记书名叫《诗意行走》，却没酸气，行文来得实在，实话实说，心有余力道也足。时而取长补短，时而扬长避短，总之是一本让人喜欢的书。书的序是肖复兴写的，书名用的贾平凹的书法，我猜陈霁的原意是让这两位名人帮自己忙的，我的感觉倒是他帮了这两个人的忙，读完这本书后，觉得序者有慧眼，题写书名的人懂书法。

陈霁的游记有三个特色，特色就是与众不同的意思。

一、不写大地方。他一定知道那句俗话，贪大的人心里多有小处。他的着笔点很具体，找的是内心天地的独厚处。像从山上往下滚雪球，一点一点结实壮大起来，因而，他的长文章读着也不累，可以一口气读完。

二、不故作高人。读完他的书后，我在书的扉页写了一句打油话，谢天谢地谢陈霁，不用游记做学问。做散文编辑时间久了，我最怕的是读游记，游记中我又最怕两种，一是国外游，二是文化游。

三、有的人写游记喜欢带揭秘感，好出独立之姿，这自然是好事，但处理不好的话效果反而更糟。陈霁是平平常常地写平常的地方，在平坦的路上表现出过人之处，仅凭智慧是不够的，还需要有底气。陈霁写文章底气充沛，他的文章不是出于一时的好恶或一地的感悟，他是把自己完全沉浸进去，有时像钉子钉在墙上一样不能自拔。

我说陈霁的游记是一个脑力劳动者的旅行，指的是觉悟多于行走，用心用脑多于用脚，再者说，他又是一个基层领导，哪有时间到处走，基本上在劳心者治文的大序列之中。如果想进一步了解陈霁的游记，建议有兴趣的读者找找那次研讨会的纪要，与会的有多位文坛名匠，而我的观点是最缺乏亮度的。

原载于《美文》2005 年第 11 期

老舍与伦敦

[英] 罗宾·吉尔班克 著 胡宗峰 译

1913年，有家剧院上演了一部名为《吴先生》的英文中国剧。起初是在外地演，后来搬上了伦敦的舞台。剧情大意是毕业于牛津大学的一个中国人，无情地报复一位在香港勾引了他女儿的英国海员。情节如下：

第一幕：九龙吴先生家的花园。巴西尔·格里高利和他的"天仙"吴小姐恩爱。他告诉她自己马上要回英国了。她要他带她一起走，因为两人见不得人的秘密，已经是有夫妻之实。他恳求说自己的父母永远不会答应这门亲事，并许诺很快就回来，劝她不要随往。商人吴先生出面了。他把女儿拉到一边，命令仆人抓住女儿的情人并把他关了起来。

第二幕：香港格里高利先生的船务办公室。儿子失踪，他心情沉重。公司的一艘船沉海，工人们依旧在罢工。在他看来，自己的竞争对手吴先生是所有这一切的幕后人物。应他之邀，吴先生来和他谈生意。格里高利锁上门，用一把左轮手枪抵住了吴先生。吴先生提醒格里高利说，在英国，人们从不会以这种无礼的方式来做生意。接着就引诱他放下枪，取出里面的子弹以表诚意。格里高利和吴先生一颗一颗地数子弹，吴先生把子弹放到自己这边的桌子上，然后装进了自己的枪里。他用枪抵住格里高利逼他按铃叫仆人进来。仆人进来后格里高利用法语说自己被囚禁了。吴先生用法语喊道："错，错，被囚禁的是我，不是格里高利先生。请把格里高利夫人叫来。"格里高利夫人来了，吴先生给她解释了发生的事情，并坚持让格里高利先生离开房间，他只愿意和格里高利夫人谈事。格里高利先生出去了。吴先生对格里高利夫人说如果她今晚去他家，他就会告诉她儿子的下落。格里高利夫人同意了，也没有给她丈夫说这事。

第三幕：九龙吴先生家的客厅里。吴先生让人叫来了巴西尔，并告诉他他母亲来了。吴先生会把她咋样呢？巴西尔没有姐妹，那只能由他母亲来为他赎罪了。巴西尔下场。格里高利夫人在一位阿妈的陪同下上场。吴先生坚持让阿妈出去。吴先生提醒格里高利夫人说其国人从不带仆人到朋友家的客厅。阿妈下场了。吴先生给格里高利夫人介绍自己的古董及其价值。他玩弄着一把剑，那是挂在墙上的一件装饰品。他说自己的祖先曾用这把剑杀了女儿和那个使她蒙羞的男孩。他对格里高利夫人说自己也有一个女儿（他已经杀了她），巴西尔勾引了她。为了"以眼还眼"，他要报仇。他说她儿子就在隔壁，要是她接受惩罚儿子就可以回到她身边。她想逃跑，但发现自己被锁在了屋里。他表示唯一的出口就是他的卧室。他进屋去了，把她留在那儿思考。她呼叫阿妈，阿妈从天窗给她扔了一小瓶毒药。她决定做最坏的打算，把毒药全倒进了自己的茶杯。吴先生再次出场了，已经把衣服脱了一半。看到她脸色苍白，他就怀疑她捣鬼。他把两人的茶杯换了一下，假装说他想喝她香唇碰过的茶。他喝了一口，喘不上气来。他抓起剑，想刺她，没有刺中，蹒跚着倒地死了。他倒下的时候，身子碰响了锣。根据约定，一听到锣声，家里人就会把所有的门都打开。母亲和儿子团聚一起逃走了。

以上剧情冷酷而赤裸，给读者转达这种在剧院感受到的七情六欲有些不合适。该剧情节紧张，有震撼力。观众很难忘记那令人毛骨悚然的氛围，让人厌恶和作呕的剧情。然而，该剧的情节不合中国国情。将此作为现代中国文明的样板试图强加给英国大众，可能会给人们带来不利于中国的偏见。

——刁敏谦《留英管窥记》

广东出生的律师刁敏谦完全可以写一本书来描述自己当年在伦敦读书期间，遇到的类似这样的跨文化误解。当他回忆有人问他和自己的两个朋友前面提到的舞台上的抽劣表演时，他当时显然还有一个外交官的头衔。他们三人没有明言讨厌这种对自己同胞的造谣中伤，而是绝口不提这个剧团。《吴先生》的编剧是哈罗德·欧文和莫里斯·弗农，这部剧在巡演中不但没有夭折，反而在大西洋两岸达到了座无虚席的程度。1920年在英国被改编为电影，1927年美国又重拍。美国版的主演是朗·钱尼（Lon Chaney），以扮演形象怪诞或受折磨的角色而出名，他塑造最为成功的角色有《巴黎圣母院》里的敲钟人卡西莫多和《歌剧魅影》中的埃里克，都是有残疾的怪人。参加演出的还有超级影星黄柳霜，在剧中可悲地出演一个配角。她没有出演浪漫女一号（出演吴小姐的是位法国少女）实乃艺术即人生写照的一个讽刺实例。面对敏感的大众和部分顽固的种族主义分子的压力，好莱坞屈服了，不敢在银幕上表现跨种族的恋爱。这对黄小姐和其他亚裔女演员的演艺事业不公，但却有益于那些没有白人面孔的白人女明星。要是没有这种无意识的限制，德裔犹太演员露易丝·赖娜（Louise Rainer）（2014年12月在其一百零五岁生日到来的两周前去世）就没有可能出演赛珍珠《大地》中的阿兰，这个角色让她第二次获得奥斯卡最佳女演员奖。

老舍小说《二马》中的老马，在遇到和刁敏谦相同的问题时，就没有刁敏谦那样的辨别力了。出于对那个把他带到英国来的传教士姐夫的感恩，他同意充当一部音乐剧中的临时演员，该剧声称演绎的是"中国佬"在英国首都的生活。当有人说其长相完全与剧中的成功商人吻合时，这位守旧的中国人颇感受宠若惊。除此之外，他还感到参与并开除同胞中的年轻政治家是在尽民族义务，仿佛这些人就是一群让人讨厌的小人。该剧的结局是出现叛徒，发生了骚乱。马先生从已故哥哥那里继承来的古玩店是遭殃的主要目标。商店被砸，遭到抢劫，即便是婚约也没能把他留下来。此乃该剧作者的一贯风格，笔锋机智地一转，试图说明迫使剧中主人公离开伦敦的不是当地的种族主义分子，而是自己在国外的中国同胞。

老舍自己在英国的生活经历以及根据此创作的小说即便是对中国大陆最崇拜他的粉丝来说也有盲点。《二马》虽然没有《茶馆》《猫城记》和《骆驼祥子》那样抢手，但在"孔夫子"等大书店还是可以随时买到的。事实上，这种忽视在国外的情形亦是如此。威廉·杜比流畅而又颇具阅读性的英文译本——也许是大量老舍作品被译为同一语言中最好的——直到最近才以未出版的手稿形式出现。这个版本只有搞研究的英国图书馆（该馆距老舍创作这部作品时住的地方不远）注册会员才能看到。这种阴差阳错式的嘲讽性遭遇，和熊式一的英文版《王宝川》如出一辙，因为这两部作品在中英跨文化关系史上各具独一无二的特色。如果说《王宝川》的演出揭开了中国传统戏剧的面纱，是对《吴先生》和《朱清周》中种族仇恨的一种矫正，那么老舍则吐出了在大英帝国的中心飘零的中国人的心声。为了避免陷入另外一个极端，引起人们对小说中人物的过分同情，这位小说家编织了一个令人轻松愉快的流放故事，而故事中的代沟中国人和英国人都无异议。

在打开这部小说前，有必要指出小说作者自己在伦敦的个人生活，至少同小说中的人物相比，虽波澜不惊但却受人尊敬。在燕京大学执教不久（他错过了与伯特兰·罗素的见面），老舍就被挖走，成了伦敦大学的汉语讲师。在北京的艾温士（Robet

Kcenneh Evans）是老舍的同事，他恰好是威尔士前传教士瑞思义（William Hopkyn Rees）的女婿。和老舍一样，艾温士也躲过了义和团的屠杀，因面对暴力临危不惧而被授予代表最高荣誉的"蓝绶带"。老舍在英国没有见到这位有恩于他的人，患病多年后，在他新招的这位同事到达的六个星期前，这位牧师于1924年8月4日去世了。接待老舍并在后来五年安置他工作的是艾温士。能有在"东方学院"（现已改名为"亚非学院"）工作的机会也不错了，虽然年薪有350镑（相当于现在的2万英镑或20万人民币），但在当时的英国首都也维持不了多长时间。根据《二马》所言，当时的最低消费是每月20英镑。上课的学生是三三两两，而不是蜂拥到达教室里接受机械的死记硬背，常常上课的时候是老师和学生一对一。要是一个学生想选教学大纲以外的新课（如中国的传统中医），老师们就先自己咨询，看有没有人能开这门新课。参加老舍语言班的学生有后来的作家格雷厄姆·格林，因为英美烟草公司没有兑现给其在中国谋到职位的承诺，格雷厄姆·格林就辞职了。

英国国内当时的情况为老舍的创作提供了丰富的土壤。在《我的几个房东》一文中老舍回忆说，对于那些想把房子租出去的人（特别是有了些年纪的女人）来说，中国人是好的人选。在D.W.格里菲斯（D.W. Giffith）执导的黑白无声电影《残花泪》（1919年）中，就没有一丝海外华人是附庸的影子。与《吴先生》和《朱清周》中血腥的恶魔相比，这部电影塑造了一个名叫陈汉的中国商人。他是个虔诚的佛教徒，虽然信仰不同，但在遇到饱受拳击手父亲家暴的年轻女子时，他却显得大义凛然。他的古玩店在伦敦的东头，那里成了露西躲避父亲酒后施暴的避难所。两人虽然有了浪漫的爱情，但却没越雷池一步。影片中没有外国人那贪婪的色欲，在任何情况下，陈汉都没有乘人之危，占人童贞，然后又随意抛弃。老舍的文章暗示正是这种风度，让中国人成了英国姑娘择婿和选亲的意中人。他在文章中写道："《房东太太的女儿》往往成为留学生的夫人，这是留什么外史一类小说的好材料；其实，里面的意义并不止是留学生的荒唐呀"（见老舍著《我的几个房东》）。而老舍本人也有类似多彩多姿的故事。在他住过的一处地方，房东的女儿是个老处女，名叫达尔曼，就多次纠缠他，让他跟着她学跳舞。他很快就看穿了她的心思，她是想找一个像陈汉那样的男人。拒绝了她的挑逗后，他暗自观察发现她就纯粹是个妄想狂，只能当一辈子老处女。

　　此类经历以及当时的环境下人们对东方的猜疑，通过《二马》被表达了出来。小说中老马和小马初次得到的教训之一就是：不论自己的真性情如何，很多当地人的本能就是通过自己熟悉的文学或电影作品来理解中国人。在他们找到住处，和寡居的温都太太及其女儿玛丽住在一起时，那母女俩对新来的房客看法各异。玛丽对文化差异有自己的见解，认为中国的一些旧传统，如一家老少住在一块，是因为经济落后的原因。她颇为高高在上地认为，中国人要想达到现在英国人的文明还有差距，因此认为要像对待不发达社会的人那样对待老马和小马。她母亲没有种族歧视，她训斥女儿说："拿弱国的人打哈哈，开玩笑，是顶下贱

的事。"她驳斥说年轻一代喜欢的电影和戏剧中把中国人描述为杀人犯、纵火犯和强奸犯是很愚蠢的。而对此女儿玛丽的任性反应是:

> "啊哈,妈妈,不是真事?篇篇电影是那样,本本小说是那样,就算有五成谎吧,不是还有五成真的吗?"

玛丽的亲友也有同样的看法,温都太太的妹妹多瑞找各种理由不来看望她们,其中一封短信提醒说:

> 亲爱的温都,
> 谢谢你的信。我的病又犯了,不能到伦敦去,真是对不起!你们那里有两个中国人住着,真的吗?
>
> > 你的好朋友　多瑞

温都太太想不到自己的一位亲人竟然是个顽固的种族分子,然而在她邀请妹妹来伦敦过节的时候,妹妹迟来的回信暴露出了其偏见。小说中并没有信的原话,但信中的意思是:

> 和中国人在一块儿,生命是不安全的。圣诞节是快乐享受的节气,似乎不应当自找恐怖与危险。

任何一个在英国待过的中国人都知道，这种狡辩确实低档。基督徒（特别是那些住在大学城里的）认为，在圣诞节为远离家庭的外国人献爱心乃义务，与人家的信仰或习俗无关。

老舍的叙述手法很老到，意在嘲笑这种流行的看法。后来的文学批评家将这称之为"聚焦"，是现代创作的一种主要手法。在表面上，全文的叙述用的都是第三人称，通过一个主要人物，把外部事件和内心表述调和在一起。作者可以灵活地（或者说让人有些迷惑地）从一个人物转到另一个人物，就像是在转换无线收音机上的频道。这种手法带给作家的回旋余地是显而易见的，老舍把普通人的心声与小说中的人物交织在了一起。在比较小马和其在伦敦的同胞雇员时，他写道：

> 从外国人眼里看起来，李子荣比马威都带着一点中国味儿。外国人心中的中国人是：矮身量，带辫子，扁脸，肿颧骨，没鼻子，眼睛是一寸来长的两道缝儿，撇着嘴，唇上挂着迎风而动的小胡子，两条哈巴狗腿，一走一扭。这还不过是从表面上看，至于中国人的阴险诡诈，袖子里揣着毒蛇，耳朵眼里放着砒霜，出气是绿气炮，一挤眼便叫人一命呜呼，更是叫外国男女老少从心里打哆嗦的。

从表面看，中国人明显与人们习惯上认可的有差异，故老舍的小说就是有意紧扣这种嘲讽。

在描述虚伪的时候，不论是涉及英国人表面上的客气，还是中国在海外的年轻人鼓动老马和小马来支持他们反对英国的剥削和殖民，老舍的聚焦技巧可谓炉火纯青。此法让老舍笔下的人物颇为复杂，其潜在的种族偏见意识很少显山露水。受人尊敬的伊牧师一家在中国待了二十多年，并在危急时候负责把受过教会教育的老马（他觉得是个虔诚的基督徒）带到英国。他的妻子虽然表面上温文尔雅，但内心却毒如蛇蝎。毛姆曾在《在中国屏风上》中的《恐惧》一文中描述过这对传教士夫妇。她的心胸是如此狭隘，甚至于把种族、语言和国籍等问题混为一谈。她的孩子虽然是出生并长大在中国，但却不懂汉语，从孩子一生下来她就不让自己的孩子和当地的孩子接触。老舍写道：

> 伊太太的教育原理是：小孩子们一开口就学下等言语——如中国话、印度话等等，以后绝对不能有高尚的思想。比如一个中国小孩儿在怀抱里便说英国话，成啦，这个孩子长大成人不会像普通中国人那么讨厌。反之，假如一个英国孩子一学话的时候就说中国话，无论怎样，这孩子也不会有起色！英国的茄子用中国水洗，还能长得薄皮大肚一兜儿水吗？

她丈夫则是个沙文主义者，在这夫妇二人中，他肯定是更狡猾，把自己的野心埋藏在慈善的外衣下。他的自传和老舍的监护人艾温士颇为相似。艾温士回到英国时已近花甲之年，他想利用自己的特长，即花大力学来的汉语在伦敦的大学谋到一个职位。

我们没有理由含沙射影地说老舍是有意在暗讽瑞思义或他的女婿艾温士。实际上，伊牧师的计划落空了，让他失望的是老马明显缺乏宗教激情，现在只是他的工具。伊牧师鼓励他写小说或回忆录只是为了控制他，让他帮助自己写学术专著，以保住自己需要的教授席位。

> 伊牧师始终没看起马先生，他叫老马写书，纯是为好叫老马帮他的忙！他知道老马是傻蛋，傻蛋自然不会写书。可是不双方定好，彼此互助，伊牧师的良心上不好过，因为英国人的公平交易，是至少要在形式上表现出来的！
>
> 伊牧师，和别的英国人一样，爱中国的老人，因为中国的老人一向不说"国家"两个字。他不爱，或者说是恨，中国的青年，因为中国的青年们虽然也和老人一样的糊涂，可是"国家""中国"这些字眼老挂在嘴边上。自然空说是没用的，可是老这么说就可恨！

老马让伊牧师很失望。当老马给牧师说儿子马威正在突击学英语，准备在经济学或相关的专业拿一个学位时，他有些怀疑地建议年轻人最好还是回国，效力中国革命。在这种情况下，伊牧师认为这位做父亲的在儿子那里没权威（伊牧师甚是羡慕中国的孝道），而是在暗地里把他这位善意的牧师变成了一个不明智的同谋。

事实上，老马虽然不是个恶棍，但他早已没有了中国老一辈人身上的那种感情依赖了（更不用说他是个中国基督徒了）。在北京，妻子一去世，他就把儿子马威托付给了伊牧师，这并不是因为他特别注重儿子的道德教育，而是因为作为一个单身父亲，儿子影响他喝酒、赌博和找女人。他的堕落也许是有意在映射包括老舍在内、显赫的旗人阶层。老舍并没有把马则仁当成是当时中国问题的替罪羊，他不过是把这个人塑造成了一个随大溜的笨蛋。做个小破店的老板可不是他为自己设计的营生。他没有几个顾客，仅有的他也不清楚到底是顾客还是朋友。马家的"富豪"常客约翰·西门爵士爱摆架子，但到了真的掏钱包时却让人怀疑他是个吝啬鬼。他说：

> 就是广东磁我还没试验过。你有什么，我要什么，可有一样，得真贱！

小马不向他兜售贵东西，也不会为店里的古董来历编织一个浪漫的传说。他就是这样不懂生意经，跟着李子荣买蒙文和满文书，这种东西就是在伦敦的中国人也没有多大兴趣（老舍在此也许是拿自己这个少数民族的语言和文化在汉人圈里不吃香在开玩笑）。马威甚至愿意充当滑稽的哑剧角色，在西门爵士和西门太太家的客厅里，他没有穿平时的衣服，而是换了一身让人难以置信的中国传统服饰，在聚会上唱昆曲逗乐。

老马自己的质朴心理在小说家的聚焦下亦是被描绘得惟妙惟肖。在和伊太太不成器的弟弟亚历山大痛饮一场后，他醉醺醺地摇晃着往家走。眼前浮现的景象既让他感到这是一个和他不相干的高度发达社会，同时也燃起了他对故乡的感情依恋：

> 那些金星儿还是在前面乱飞，而且街旁的煤气灯全是一个灯两道灯苗儿；有的灯杆子是弯的，好像被风吹倒的高粱秆儿。脑袋也跟他说不来，不扶着点东西脑袋便往前探，有点要把两脚都带起来的意思；一不小心，两脚还真就往空中探险。手扶住些东西，头的"猴儿啃桃"运动不十分激烈了，可是两条腿又成心捣乱。不错，从磕膝盖往上还在身上挂着，但是磕膝盖以下的那一截似乎没有再服从上部的倾向——真正劳工革命！

作为一部性格与地域小说，《二马》虽然在情节上比较松散，但却闪烁着无比的洞察力。马威想和玛丽·温都谈恋爱，但走到一起的却是双方寡居的父母。然而两位老人的婚约是短命的，因为双方在现实中都无法调和横在两人之间的文化鸿沟。温都太太怎会希望住在中国？老马怎会在一个阴郁的西方城市度过自己的一生？温都太太怎样来应对自己的婚姻所引起的与有种族思想的妹妹的疏远呢？最后，这两人的关系被打上了独特的儒家风采，因为在家庭和睦中个人感情次之。有趣的是，温都母女在这件事上竭力反对东方"入侵者"的思想，和老马与小马一模一样的保守。

对儿子马威形象的总体微妙刻画也许是读者阅读中文原著的

兴趣点。展现在马威面前的故乡和异乡的对比让他的内心世界更加现实。他质疑北京学生活动不成熟的热情，尽量使自己远离伦敦那些头脑不清楚的中国青年的抗议活动。这些人对"剥削"的理解很到位，把抗议当作自己闲逛和不工作的幌子。他自己的态度在小说中被描写得很具体：

> 马威在中国的时候，也曾打过纸旗，随着人家呐喊；现在他看出来了：英国的强盛，大半是因为英国人不呐喊，而是低着头死干。英国人是最爱自由的，可是，奇怪，大学里的学生对于学校简直没有发言权。英国人是最爱自由的，可是，奇怪，处处是有秩序的。几百万工人一齐罢工，会没放一枪，没死一个人。秩序和训练是强国的秘宝，马威看出来了。

老舍是否又在开玩笑呢？他是不是在嘲笑英国人的自鸣得意呢？嘲笑英国人觉得自己已经发展到了这样一种高度，无须质疑日常生活中微不足道的暴虐呢？作者的幽默感在我的心中激起的联想有所不同。三十年后，特立尼达作家萨姆·塞尔文在其小说《孤独的伦敦人》（发表于1956年）中，描述了西印度侨民在国外受到的剥削。在战后的岁月里，英国的经济发展指数持续增高，为了避免潜在的劳工短缺问题，英国鼓励英联邦国家的人移民到英国。承诺给这些移民的好工作往往得不到兑现，只不过是让他们变成了英国皇室的臣民而已。由于皮肤黑，这些年轻人常遭人怀疑，像外乡人一样给伦敦带来了变化。小说中对此有绝妙的描写，在其中的一章里，当主人公拒绝了有报酬的工作后，几乎到了营养不良的地步。为了活下去，他们不得不在公园里捉鸽子来充饥。一位上了年纪的女人恰好看到了这一幕，这便更让她加深了以前先入为主的观念，即所有黑人都是到处搜寻食物的丛林野蛮人。虽然表面情形相似，但《二马》和《孤独的伦敦人》的结局却大相径庭。随着人们对后殖民文学的兴趣如雨后春笋般兴起，塞尔文的小说尽管英语不标准，却仍然稳稳地上了本科学生文学教学大纲。而老舍对当年在伦敦的生活闭口不提，这也是其小说不为人知的原因之一。另外一个要说的是，老舍和自己以前的室友艾支顿（Clemnent Egerton）合作，翻译了中国古典小说《金瓶梅》。他们两人在老舍工作的地方相遇，艾支顿希望提高自己的汉语水平。他曾经从军，并到过非洲。在安哥拉待过一段时间，作为班甘特王二世纳吉克的客人，在喀麦隆待过几个月。他们两人在翻译中的工作不好量化，但有两件事是肯定的。一是老舍坚持不在合译的小说封面署名，二是艾支顿选择将小说中过分粗鲁的章节译成了拉丁语。诗人威廉·普洛默（William Plomer）1939年在《旁观者》发表了一篇评论，从中可以看出该书出版后的不瘟不火情形：

> 作为艺术创作该书让人失望。与其说有哲理，不如说是陈词滥调。小说杂乱无章，缺乏技巧和变化，有点左拉式的呆板。书中的几位主要人物虽然有雄心和朝气，但不值

一提。我们觉得原作没有文体美，写得像"电报文体"。从某种程度上来说，像充满艳情和暴力的廉价刊物。其长处在于猎奇，犹如人们闲置在阁楼上的一个东方花瓶，因为确实太大，不好收藏。因为到手的时间长了，成了古董，上面有离奇有趣的图案。至于书中的色情段落，由于用的是另一种语言，给人的感觉就像是斜体，只为彰显其重要而已。对于那些复习了一下拉丁语，靠在火炉边的老头来说还有点挑逗力，但对于吾辈无甚做人的教益。像类似的很多色情描写一样，忘了一点，即此只可意会，不可言传。璞也罢，玉也罢，天然刺激各不同矣。

人们只能认为老舍对他们的翻译不满意，想让此事成为过往烟云。或许他觉得如果决定回国，在当时的中华民国那个气候中，与一本臭名昭著的淫秽小说有染不合自己的身份。知情的人大多会说最近出版的美国汉学家芮效卫（大卫·特德·罗伊，英文原名David Tod Roy——译者注）的译本远胜于前面提到的节译本。把普洛默的理解演绎到极限，如果《金瓶梅》是一个过时的大花瓶，马则仁没法把它搬到古董架上，那《二马》就是个朱砂漆器匣子，形状小，甚至不实用，但仔细看几眼上面的人物，雕刻外形精巧，颇见功夫。

2003年，在老舍离开伦敦七十五年后，他在那儿的四年经历得到了英国的最高认可，当年他居住过的伦敦市圣詹姆斯花园31号被挂上了"蓝牌"（蓝牌：blue plaque，直径为49.5厘米的蓝色陶瓷圆盘，同时以一个永恒的符号存在，用来保护、纪念一座建筑与一位名人的一段历史情结。英国政府规定：凡是被英国古迹署挂上了蓝牌的建筑，属于国家保护文物，一律不得随便拆除或改建——译者注）。他是唯一得到这一殊荣的中国人，虽然对于伦敦人来说这算不了什么，但今天亚非学院的师生都喜欢去那儿留影。安·威恰德的研究《老舍在伦敦》一直被认为是推动这一认可的有力作品，其研究也的确是以当今种族和身份话语这个背景为前提的。更重要的是，我要承认威廉·杜比的辛勤努力，是他把这部小小的大作介绍给了老舍所描写的这个国度的读者。他是伦敦大学受人爱戴的汉学家和学者，于2015年2月去世。留下一个遗憾，那就是他对自己珍惜并翻译的中国现代文学瑰宝推介不够，未能出版。《二马》的翻译据说始于20世纪60年代，也就是大约在那个时候，作者像屈原投江那样投进了太平湖。无独有偶，就在杜比教授去世的那天，在参加完一个朋友的婚礼，从华阴县回来的火车上，我饶有兴趣地读完了这本小说。华山后面的夕阳像一轮新月，不可思议地照射着每一座神圣的山峰。我的屁股却和硬卧上的塑料泡沫拒不神圣合作。当火车驶入关中平原的时候，不由让我想起了20世纪20年代的英国。伴随着阵阵对老舍作品的笑声，以及我和书中人物都无法体验的幸福姻缘，再加上喝了青稞酒后的喜悦，我把翻皱了的小说放在旁边的座位上，一路半睡半醒地回到了西安。

原载于《美文》2015 年第 9 期

铁凝印象

张守仁

一

2004年3月，铁凝怀着感谢和祝福，写了一篇《吉祥〈十月〉》。她说：1983年，我的第一部中篇小说《没有纽扣的红衬衫》在《十月》发表，之后被《新华文摘》《小说选刊》《小说月报》《中篇小说选刊》等报刊转载，并获得第三届全国优秀中篇小说奖。《没有纽扣的红衬衫》西班牙文版单行本在马德里教育出版社出版。由此篇改编的电影《红衣少女》获1985年中国电影"金鸡奖""百花奖"及文化部优秀故事片奖。1985年在北京新侨饭店的一次文艺界聚会上，我碰巧与自己一向敬重的夏衍先生坐在一起。当我略感拘谨的时候，他突然对我说："铁凝，我想告诉你一句话，我很喜欢《没有纽扣的红衬衫》这个小说。"写此作时我尚是一名业余作者，在一家地区级的杂志社当小说编辑。但《十月》的编辑老师并没有漠视一个年轻的业余作者，他们将《没有纽扣的红衬衫》以头条位置发表……

我认识铁凝已有近三十年的历史了。1978年春天，我和章仲锷为正在筹办中的《十月》南下组稿。第一站是保定。保定在抗日战争、新中国成立初期一直到"文革"前，产生过像孙犁、梁斌、李英儒、徐光耀、陈冲、申跃中、韩映山等一批著名作家。后来被文学界命名为"荷花淀派"的作家，许多人和保定发生过密切的关系。那里文学氛围浓郁，我们慕名前往。那几天，保定正在召开散文座谈会。记得那次会议是河北作协张庆田等人主持的。会上，我第一次见到了铁凝。她当时作为知青在博野县劳动，种棉花、种麦子。当地农民称赞她能干、肯吃苦。此前即1975年她十八岁时，我们北京出版社就出版过她的《会飞的镰刀》。那次保定会议主办者便邀请她作为文学青年与会。

　　那天，她坐在我对面，一身海军女战士打扮：短发，微黑的脸，宽阔的嘴唇。深藏蓝色裙子，绿色上衣。脚上穿着短袜，套着一双矮帮的解放军女鞋。她像当时许多女孩子那样，酷爱军装。（多年后我在电话里回忆第一次见她时的装束，她坦率地告诉我，那套2号军装是她央求在海军服役的姑姑为她领的。）她有一对美丽、聪慧的眼睛，闪烁着机灵。她没有发言，一直专注地谛听着。凭直觉我能判断，这是一位有潜力的文学苗子，将来必能长成大树，有大出息。几年后，她到作协文学讲习所（鲁迅文学院前身）进修，我向她约稿。这就是后来由田增翔当责编、发表在《十月》头条上的《没有纽扣的红衬衫》。

二

1985年春天，中国作家协会在南京举办颁奖大会。那时，铁凝的《六月的话题》获1984年全国优秀短篇小说奖，我约她写的《没有纽扣的红衬衫》获全国第三届优秀中篇小说奖，据此改编的电影《红衣少女》荣获"金鸡奖"，可谓三喜临门。

3月31日，我们和铁凝约定在北京火车站大厅里自动电梯旁会合，一起去南京出席颁奖会。同去的还有作家陈冲和《十月》杂志的女编辑侯琪。等到十点，我远远看见亭亭玉立的铁凝跟《人民文学》的王南宁打着招呼。她已留了一头浓密的长发，穿一件紫红色的风衣，提着一只小皮箱，兴冲冲笑着走过来。七年前的女战士打扮的她，已变成风度翩翩的青年作家了。会齐了，我们匆匆上了火车。安顿下来之后，铁凝请我们吃话梅、巧克力糖。火车出了长辛店，她望着平原上的西山，突然对我们说："嗨，什么时候，我带你们到山中看元宵节灯会。那是土灯会，不是洋灯会，可好看啦。有一次我一直看到半夜，还恋恋不舍。"我也望着西边黛色的群山，心想：那里也许是《哦，香雪》的故事发生的地方。

闲聊了一阵，旅伴们各自回到自己的卧铺上休息。次日晨五时半火车过南京长江大桥，江面上灰蒙蒙的，有几点渔火。火车停靠南京车站，已有南京军区作家胡石言等在站台上迎接我们。我们驱车至中山路，下榻在省委招待所。

当时南京众多影院里正在上演《红衣少女》。文娱记者们蜂拥而至，都想采访铁凝。中学生们也渴望前来一睹青年作家的风采。铁凝成了被追逐的对象。她想方设法找地方躲起来，回避他们。她对我说："当我处在包围之中，说着无聊的应酬话，我感到内心空虚；当我独自闲处，或和朋友们无拘无束地聊天，我就感到充实。"

铁凝为了躲避记者们围堵、追逐式的采访，便约我到清静的四楼房间诉说正在构思中的《玫瑰门》。她说，她小时候因为父母去五七干校劳动，被送到北京西城区外婆家生活了几年，熟悉了四合院和胡同里人们的生活。她跟我谈了她外婆的为人，她几个亲属的性格、生活细节，以及居委会干部的工作方式、邻居高级知识分子的生存状态以及"文革"中北京胡同里特有的那种气氛和政治背景，一共交谈了两个多小时。当时她只打算写个中篇小说。我听了她的话，对她说："你当时年纪小，是个少女，所以人们对你不设防，能袒露自己的灵魂。这些是你熟悉的人物，熟悉的生活，作家只有写他最熟悉的东西，才能成功。像你写《没有纽扣的红衬衫》，写的是你妹妹，你自己，你的父母，故能活灵活现。不过你谈的，只是地面上的树干和枝叶；在地下，还有树根，还有繁密复杂的根系。你必须作反方向的开掘，这样作品才有深度和厚度。"她听着，让我停下来，拿出笔记本，把我刚才的话认真记下来。她说："您的话对我有启发。我要好好考虑。我往往有了点感受，就紧紧抓住它，一点点延伸，一点点丰富，设想情节发展这样或那样的可能性，最后就有了大致的走向和作品的结局。"后来铁凝把《玫瑰门》扩充、发展成了长篇小说。当时我原来的同事章仲锷已调到作家出版社，主办了一个名叫《文学四季》的季刊。她的长篇处女作就发在季刊的创刊号上，产生了相当大的反响。我个人认为，这是她迄今最有分量的一部作品。

那次授奖会由陆文夫主持，王蒙致开幕词。接着报告文学、中篇小说、短篇小说的获奖作者先后上台领奖、领纪念品，然后分组讨论。

在南京逗留期间，我记得铁凝因不久要出访美国，故到购物中心买了几件漂亮的时装。她还请我、陈冲、侯琪、孟晓云到新街口金陵饭店兰圃西餐大厅吃中饭。我们在散发着兰花幽香的舒适环境里，接受身穿米色西服的女服务员周到的服务。当晚，我和铁凝在招待所举办的联欢晚会上，跳了几支舞。她朝气蓬勃，身肢富有弹性，舞姿舒展优美。我们俩配合默契，满场飞旋，跳得十分愉快。

三

之后，我们时有联系。自1987年起，铁凝当选为党的第十三、十四、十五、十六次全国代表大会代表。有记者问她："你是作家，又是党代表，两者是否一致？"她说："党号召我们党员时刻保持先进性，而我无论写什么，真善美都是底色。故两者是一致的。"她第一次当党代表时，我记得是住在车公庄附近的国都饭店。我和田增翔骑着自行车，冒着漫天风沙，到她住所看望她。

1991年，《十月》发表了她的短篇小说《砸骨头》。小说荣获第四届"十月文学奖"。1993年12月初，我和《十月》主编谢大钧，向车队要了一辆"桑塔纳"，直奔石家庄。当时，铁凝已和她父母从保定迁居至石家庄体育中街。京石高速路尚未最后竣工，有些路段只能单向行车，故走了三个多小时才到铁凝家里。铁凝的父亲铁扬是位画家。他的画室用白木装饰一新，颇有北欧风格。会客室里到处是画稿。还有佛头雕塑、典雅的古瓷。我津津有味地欣赏着铁扬的一幅幅水粉画。我发现这位毕业于中央美院舞美系的高才生，风景画色彩绚丽，情趣自然，画风雄浑，意境深远。铁扬站在一旁对我们说："艺术奉献给读者的，只是一份心智的独白。作者借助于描写对象，表达自己的激情和喜怒哀乐。技法有时显得微不足道。有一次我学画国画，正在上初中的小女儿铁婷看我画得不尽如人意，便说，我画一张吧。铁凝将她军，说：'那你画，你画。'铁婷捉笔就画，竟然画得情趣盎然。"铁扬当即拿出一本大开本的《铁扬画集》签名送我，并翻到附录中印出来的铁婷的画给我看。画面上是一朵盛开的荷花，旁边挺立着一茎带刺的、顶着莲子的荷秆，并衬托着沉甸甸的荷叶，自然童稚之气，沛然于画稿。我见画侧有铁婷的一行字："此乃余之拙作也。遵姐嘱。见笑。"又见墙上铁婷为她姐铁凝画的一幅肖像画，把铁凝的聪颖、执着、专注的神情画了出来，很有味道，很有神韵。这是典型的文艺之家。忽然想起铁扬和铁凝的父女合作。铁凝曾送我一本签名的《没有纽扣的红衬衫》，封面就是她父亲铁扬设计的：一排灰黑色的两层楼房，整齐的行道树，街心花园里燃烧着一支红色的火炬。火炬在灰暗的背景上跳跃着、升腾着，烈焰直冲蓝天，显示出热情、朝气和活力。铁扬对女儿的作品，理解得颇为深刻。我想，铁凝从小就注意观察人物、观察生活，注意捕捉大自然的颜色，后来写出了不少关于名画的散文，肯定受到了她父亲的家教和熏陶。

那次去石家庄，是为了取铁凝的长篇小说《无雨之城》，打算在《十月》上发表。只是因为"布老虎"丛书出书太快，我们只得割爱。

四

进入20世纪90年代以后，铁凝已学会了驾车，常常来往于京、石之间，或参加党代会，或参加作代会，或来讨论作品，或来领奖，或专门到中国美术馆参观来自国外的名画展。《大浴女》出版之后，还来北京签名售书。我们都很忙，偶尔见面，也只不过简单交谈几句。记得有次来京，她住在公主坟的海军大院，打电话来，说给我带来一兜赵州的雪花梨，叫我去拿。我去拿了乘地铁回来，因珍惜时间埋头看书，到站后急匆匆下车，竟把那兜大梨遗忘在地铁列车上了。我为此事着实后悔了一番。

铁凝当上了河北省作家协会主席以后，一直关怀着河北青年作家的成长。有的作家身体欠佳，她就把那人从寒冷的张家口调到较为温暖的地方。有的作家写到了一定的水平，她就写信给我请给予关照，希望"21世纪文学之星丛书"编委会能给他出第一本书。为此我很感动。因为据我知道，有的外省作协主席，不仅不关心本省青年作者的成长，还对有才华的人表示嫉妒并进行压制。自从铁凝担任了行政职务之后，我发现她创作工作两不误。有一年我去石家庄参加阿宁作品讨论会，约好了晚上我们好好聊聊天，因为她临时要找省市领导商量河北作协大楼、河北文学馆的选址问题而作罢。她跟上下左右各方面的人际关系一直处理得相当不错。

可是，名人不好当。做有名的女士很难。她们常常蒙受可畏的人言的袭击。关于她，我听到过一些谣传和非议，当然坚决否认，不予置信。我没有机会、当然也不便跟她推心置腹地交流她这方面的烦恼。我只是在她《闲话做人》的一则短文里，多少隐约猜想到了一点她内心的苦闷。铁凝在短文中透露说：最累的莫过于做人。想想我们由小到大，谁不是在听着各式各样的舌头对我们各式各样的说法、议论中生活过来的。她说，学会做人将永远是她一个美丽的愿望。"这里所讲的做人并非指曲意逢迎他人以求安宁稳妥，遇事推诿不负责任以求从容潇洒；既不是唯唯诺诺，也不是有意与他人别扭。正如同攻击有时不是勇敢，沉默也并不意味着懦弱。真正的做人其实是灵魂和筋肉直面世界的一种冶炼，是它们历经了无数喜怒哀乐、疲累苦痛之后收获的一种无畏无惧、自信自尊、踏实明净的人生态度。那时你不会因自己的些许进步兴奋得难以自制，也不会因他人的某项成功痛苦得彻夜难眠。真正的做人当然还包括在正直前提下人际关系的良好与融洽……"这段自白，显示了她思想上的成熟和心态的稳定。铁凝不仅小说写得好，散文也很有特色。文字婉约清丽，艺术感觉独特而鲜明，且富有绘画的色彩感。她说散文"是对人类情感一种安然的滋润"，"是心灵的一片牧场"，"散文需要自在"。《洗桃花水的时节》《河之女》《草戒指》等，是她的代表作。1997年，我和十多位评委都欣赏她的散文集《女人的白夜》，给她投了赞成票，该集因而荣获首届鲁迅文学奖散文杂文奖。

2001年12月18日上午9时，中央领导和全国作代会、文代会的代表在人民大会堂宴会厅合影留念。拍照前，我在大厅里遇见铁凝。她高兴地笑着走过来："张老师，您好！"我一见她，脱口而出："铁凝，你怎么变瘦啦？""是吗？我可怕人说我瘦，以为我在努力减肥呢。其实我能吃，吃得可多啦。"我见她穿着西服裙子，脚蹬长筒靴，清清爽爽，精精神神。二十多年的岁月，使当年朴实清纯的小姑娘，已变为光彩照人风韵绰约的中年女性，便问她："近来忙什么？""正在写一部小说。"这时头顶天花板上的大灯全亮了，中央首长们快从那边进来了，我便和她匆匆分手，目送着她在满厅耀眼的光辉之中走向河北作协的队伍。

那是中国作协第六次全国代表大会。五天会议，日程排得很紧，与会者没有串门、交流的时间。开会期间，再没有遇上铁凝。在六次作代会上，铁凝再次当选为年纪最轻的中国作家协会副主席。

前年有一个晚上跟她通电话，交谈关于我俩先后在芝加哥艺术中心看到过的法国印象派名作的感想时，她邀请我到石家庄参观她和朋友们筹办、建立的河北文学馆。但我一直忙于杂务，未能成行。好几位河北作家向我热情推荐他们引以为豪的文学馆，今年下半年我应该抽空去看看。

原载于《美文》2005 年第 6 期

大地诗人

[美] 杰西·斯图亚特 著　田庆轩 译

　　我们曾依着征兆过活。现在也有人把那些征兆称为迷信。一到能学事的年龄，我就开始学着崇拜小翁。我的父母很喜欢那些鸟。我住到九岁的那间小屋，每年春天都会飞来一对小翁。这时，父亲会说："我们的小翁回来了，该给花园翻耕了。"任何事物，任何征候和迹象都逃不过我父亲的眼睛。记得父亲总是告诉我，当叶子螺旋着朝天卷起时，就会有雨。所以，每当橡树叶子从坚实茁壮的枝干上卷起，把光滑油腻的肚皮袒露给风和炽热的太阳时，我知道，暴风雨要来了。这时，我会想起父亲。

　　没有什么能逃过父亲的眼睛。他是个大地诗人。他热爱这块土地，热爱这块土地上的一草一木。他喜欢看东西生长。到了他能牵着我的手走路时，我便跟着他在农场里到处走。最初，那么长的路我走不下来，他便把我背在背上。慢慢地，我也喜欢上了很多他喜欢的东西。过去的岁月里，我和父亲走过无数地方。多少次，我听他讲起它们的美丽。现在，我才知道，他有着那么多美妙的念头，那些念头本该记录下来。念头从他的头脑中闪现，比小鸟嗡嗡着从一朵花飞向另一朵花还要快。

在我记忆模糊的童年里，父亲有时会把我从背上放到那些开始长叶的白色橡树下。

"看看这些小山，孩子。"他说着，手向前有力地挥出，做个很大的手势。

"看那朝天的陡峭的山峰，看那新开垦的玉米地有多美！"

这是我所能记起的父亲带我去看的第一块农田。一行行的玉米错落有致，像是给高高的斜坡罩上了墨绿的长虹，一条小溪和它的许多分支从地中央穿过。玉米叶子在风中"沙沙"作响。

父亲说，他懂得叶子们在说什么。他告诉我，叶子们在互相说悄悄话。这很难让我相信。任何东西要想说话或出声就必须有张嘴。父亲既然说玉米能说话，那它们的嘴在哪儿呢？于是，我就跪下来，轻手轻脚地打量起它们。

"这玉米没嘴，"我告诉父亲，"没嘴的东西怎么能说话呢？"

父亲笑了，就像划过玉米地的风。他抱起我，把我搂到膝上。然后，我们继续走下去。

一个星期天，母亲和我的姐妹们去了教堂。父亲拉着我的手，带我走过两道溪谷，来到一处小海湾。那里曾长着巨大的山毛榉林子。父亲在星期天也总是劳作不休，一心要回到他整个星期都在上面干活的土地上。他清出了一块地，要种白玉米。他计划用这块地使我们全家吃上面包。他觉得这块地适合种白玉米。他称这种白玉米为约翰县玉米。玉米种子是人们从大沙河岸带来的。我父亲就生在那个县，并在那长到十六岁。清理过的土地，点着了大山毛榉，等灰炭覆盖上地皮后，父亲想，玉米地里可以套种豆子。在别的坡地上的玉米地里他都套种了豆子。现在这些豆子已经爬上玉米秆，新鲜、细嫩的豆荚沉重地挂在玉米秆上。后来，看到豆荚总让我想起那些高高的玉米，还有沿玉米秆一直爬到玉米穗的豆蔓。

然而，父亲带我看的最使他惊喜不已的却是南瓜。我从没有看见过那么多长脖子、小身子的南瓜。约有面粉桶底大的南瓜一动不动地躺在玉米下面的沟里。这里有南瓜，那里有更多的南瓜，各种颜色的南瓜，黄色的和白色的，绿色的和褐色的。

"看看这些吧，孩子。"父亲说，"多好的玉米、豆子和南瓜啊！玉米大得压弯了玉米秆，豆子也密得像美洲皂荚豆。南瓜到处都是，比这块新开垦的玉米地上的树桩还要多。我可以脚不沾地，踩着南瓜把这块地走个遍。"

父亲留意的是小海湾土地上的美和上面三种作物的勃勃生机。他很少以金钱来计算土地。尽管他从不乱花一分钱，钱对他并不意味着一切。他喜欢看地上生长的东西的美。他把这种美存于脑际。

一次，一个下雨的星期日下午，我们走在玉米地里，父亲指给我看刺槐树上一个鸟窝里一只欧洲灰雀。灰雀的红羽毛在暗淡的鸟窝映衬下闪闪发光。对我来说，那不过是个鸟窝而已。父亲却向我耳语："雨滴打在那只伏在鸟窝里的灰雀身上，可看到有什么东西能与之比美？"从那天起，我开始喜欢看鸟，特别是雨

大地诗人　　121

中鸟窝里的欧洲灰雀。而父亲是第一个使我看到这种美的人。

"黑游蛇是个美丽的东西，"一次，他对我说，"蜕了冬天的皮后，在春天的阳光下那么黑，那么亮。"他是我听到说黑游蛇美的第一个人。我永远也忘不了他说起此事。我甚至忘不了他看到黑游蛇的那片黄栌林。

我不知道有谁能从树上看到更多的美。父亲会走在一片陌生的林子里，把手放在树上，会说这株橡树或那棵松树，那棵山毛榉或白杨是棵美丽的树。接着，他会把一些别的树挑出来，说得砍去。他总能讲出砍树的理由：一个树上长了太多的树枝，太密了；这棵树桩被火烧了；那棵树靠在了另一棵树的身上；地上的枝子太密了；或是石头上的土不够深，支持不了那么多树。

除此之外，父亲还数百次地带我到山上去看野花。起先，我觉得这有些好笑。在高大的山毛榉树下，他会坐在一块干死的树干上，也许是一段长满青苔的木头上，谛听着上面如冠似盖的密叶中的风，凝视着腐木旁生长的一丛紫堇。他可以无休止地坐在那，怡然自乐。直到太阳落下西山，我们才起身回家。

一般说来，父亲在安息日本不该工作，除非有特殊事情。他会跟在一头过了预产期而没有产崽的母牛左右。对母羊他也会同样看护。他跟着它们到高高的陡壁上，帮它们产下仔，救下它们的性命。星期天，他会做这些事情。他还会与森林火灾搏斗。尽管他常说，一个星期干六天就能过日子了。可他星期天却很少能休息。他又得四处走走，看看他的田地，在地里寻些乐趣。

有时，我和父亲会过河去一块田地。父亲会让马停下来，自己坐在河边的树荫处，注视着河中的流水，观察着深坑里的一群小鲤鱼。他不说一句话，我也一句话不说。我会四下看看，不知道他看到了什么才停下来。但我从来都不问他。他看完后，会告诉我他为什么停下。有时，他又不告诉我。然后，我们一起走到地里。他会拼命干活，好把他坐在河边看着清清溪水流过沙地、砾石滩，向远离他小山世界的地方流去时所耽误的时间赶回来。

父亲根本不需寻找美的东西来看。他不用到远处去发现美，因为他在周围的任何地方都能发现美。他有双能发现美的眼睛，他有个能理解美的头脑，他有副能欣赏美的胸怀。他是个未受教育的大地诗人。但当真有人给他指出这一点，他又会不明白。他会转过身去，一言不发地走开。

冬天，白雪覆盖大地，他会在早晨四点群星闪烁时去牲口棚喂牲口。我看过他把玉米放在马槽里喂马和骡子，然后走到外面站住，看着早晨的月亮。有一次，他告诉我他一直喜欢有淡黄鬃毛和尾巴的马，因为他喜欢看那马在月光下奔跑，鬃毛高高竖起，马尾飘飘，带起呼呼的风。

我曾起大早，跟父亲出去。他会向我展示霜神那美丽的杰作，那杰作只持续到太阳出来之时。这曾是父亲在寒冷的早晨与我玩的游戏之一。他教我看那些冰霜的花样。没有他，我对它们永远视而不见。现在，在初冬的早晨，看着着霜的白色田野时，我会禁不住想起父亲。

春回大地，他总要带我到什么地方，让我看他发现的新长出的树，或是某个深谷中一个腐烂的树桩上长着的美丽的红蘑菇。

他发现了那么多美丽、奇妙的东西，以至我也想发现什么，好和他一比高低。我开始搜寻偏僻和意想不到的地方，以发现美丽和不寻常的东西。

有一次，是个秋天，我们去牧场找巴婆果。"看那金黄色的果肉，还有那褐色的大籽，像西瓜子和南瓜子，"他说，"你可曾吃过和巴婆果味道一样好的香蕉吗？你看过比干净、香甜、金黄色的巴婆果更美的东西吗？"我一直忘不了他是怎样描绘巴婆果的，也一直喜欢巴婆果的味道。

是父亲第一次带我去看柿树林的。那是在下霜后，柿子熟透了，从树上掉下来。"柿子树是糖果树，"他说，"它真应该叫软糖树。"我那时还是个小男孩，但从那时起便把经霜的熟柿子看成棕黄色的软糖了。

我没有从故事书里看过落叶便是大海上金色小船这种说法。父亲也没有，他这一生一本书都没有读过，甚至从没听人读过一本书。那是个十月，我们坐在W形河的岸边，看着蓝色的秋水急速地流过灰蓝色的礁石，父亲拾起几片形如小船的落叶抛入水中。

"这些是急流上的船，"他告诉我，"它们漂到很远的地方，很多陌生人会看到它们。"他对秋叶有一种特殊的爱。我们出去散步时，他会拾起叶子让我辨别。他会谈起每片叶子是如何漂亮，死叶子为什么会比活叶子更漂亮。

很多人认为我父亲不过是个只有一匹马的农夫，从生活中得不到太多的东西。他们把他只看成一个渺小的人，穿着干净的、补丁摞补丁的工作服，双手满是荆棘划伤的疤痕，脸上胡子一大把。他们看他走出屋子，光是站着看什么东西。他们认为他情绪低落。行啊，就算他是情绪低落吧。但当他站着而人们认为他在呆呆看天时，他却是在看他第一次发现的一朵花、一颗蘑菇或是一棵新生的小树。而当他抬头看树时，他不是在找大黄蜂窝来烧，也不是找鸟窝去掏，他不是在搜寻有蜂蜜的树，他是在仔细欣赏树上的美。在成千上万棵树中，他总能发现一棵使他激动不已的与众不同的树。

真正了解父亲的人从不为他感到遗憾，任何同情都会变为嫉妒。父亲有他自己的世界，比周游世界的旅行家们所了解的地球更大，更丰富。他在他几英亩和几平方英里的地里比写了半打书的诗人能发现更多的美。只是父亲不会用书来表达他的思想，他没有常用的符号来分享他的财富。他是在这片土地上生活过的诗人，却没有留下一行诗句——除了留给我们这些和他一起生活过的人们的诗句。

原载于《美文》2017 年第 11 期

香　冢

王充闾

　　我总觉得，她像一株冷艳的寒梅。

　　这也许是由于古人习惯以梅花来比拟心志高洁的佳人吧？再不就是受了唐人王建的诗句"天山路傍一株梅，年年花发黄云下"的感染……实在说不清楚。反正一想起她来，我的脑海里就浮现出"暗香浮动""疏影横斜"的意象，渐渐地，这种意象竟活灵活现，袅袅婷婷地走过来了，"想佩环、月夜归来，化作此花幽独"（姜白石词）。

　　这已经是第三次访问北京的陶然亭了。没有风，天际云幕低沉，是一种酿雪的天气。果然，走着走着，丝丝、片片的雪花，就漫空飘舞起来。水木明瑟的平湖、高阜，还有那弯弯的柳径，淡雅的兰畦，脱尽了昔日的青青翠影，冷森森、白光光地默对着游人。平时，这里就不怎么嚣烦，此刻更是清空寥寂了。拾级步上高高的台地，在山门内檐瞧了瞧已经有三百余年历史的金字匾额"陶然"二字，又匆匆浏览了两边的对联，记得还有一副"十朝名士闲中老，一角西山恨里青"的联语，来不及寻看了，赶忙朝那北向的门窗纵目望去，立刻，前方雪影中闪现出几幅"素以为绚"的清妙的册页。令我万分惊异的是，那布满着衰草寒枝的土坡上，分明挺立着一枝傲雪的寒梅。我知道，这肯定是一种错觉——在幽燕大地上，怎么可能见到那"惨淡江南白玉妃"的踪影呢？揉了揉眼睛，再定下神来，细看上去，原来竟是没有飘落的枝间红叶，闪烁在雪虐风饕里。我知道，这次所要寻访的"香冢"，就在它的下面。

于是，我匆匆地走下亭台，沿着铺雪的石径，不出几十步，就到了银装素裹的土阜旁边，一盆三尺孤坟累然展现在眼前。关于香冢，墓主的身世、遭际，有各种各样的说法，扑朔迷离，令人如坠云里雾中。我是相信这样的传说的：此间就是香妃的埋骨之地。披着满身的雪花，我静静地伫立在石碣前，一个字一个字地咀嚼着那没有留下作者姓名的哀感顽艳的铭文，并且依照流布已久的传闻轶话，凭着我的理解加以诠释、印证。

　　浩浩愁，茫茫劫。短歌终，明月缺。郁郁佳城，中有碧血。碧亦有时尽，血亦有时灭，一缕香魂无断绝。是耶？非耶？化为蝴蝶。

起首的四个短句、十二个字，形象地概括了香妃这位充满悲剧性、传奇性的女性凄苦、劫难的一生，堪称是以简驭繁、片言撮要的范例。古人驱遣文字的功夫着实了得。你看，唐代诗人杜牧在《阿房宫赋》的开头，也是用了同样的字数和短句，就把秦始皇并吞六国之后，大兴土木，修建阿房的过程，交代得一清二楚。

传说，香妃是一位出生在西域的貌美超群的人间绝色，回眸一笑，唇红齿白，能令人心醉神迷；而且，心地善良，性情温柔，天真活泼。由于她生来便体有异香，因而名为"伊帕尔罕"（维吾尔语：香姑娘）。她的童年时代，在亲人的爱抚下，整天过着无忧无虑的甜美的生活。可是，绮梦不长，这样一位貌似天仙、天真可爱的美人儿，长大了之后，偏偏赶上浓愁浩浩、劫难茫茫的动乱年代，命运把她抛在一个动乱的地区、动乱的家族里，最后酿成一场"短歌终，明月缺"的悲惨结局。她的丈夫霍集占是天山以南的维吾尔族地区——当时称为"回部"——的和卓木（教长或首领），当时参加了一场西部边疆的叛乱活动，把清朝派去的副都统、回部招抚使杀害了。乾隆皇帝派将军兆惠率兵讨伐。霍集占兵败逃亡，带着妻子、仆从三四百人遁入巴达克山，他本人被山民擒杀，香妃被清军劫获到大营里。

对于香妃的美艳绝伦，乾隆皇帝早有知闻，兆惠临行前，即有意暗示，在讨伐过程中，必须设法保护好香妃，并把她安全地带回京师；听到她已经被俘获的消息，皇帝又敕令沿途官吏悉心护视香妃的起居，万不可损蚀了她的玉颜姿色。进京"献俘"之日，乾隆皇帝一见倾心，惊为天人，立即下令，在西内妥为安置。尔后，又几次去看她，觉得她神光高洁，有一种凛然不可犯的气概，因此，没敢伸出指尖去触她一触，只嗅得缕缕异香扑进鼻管来。心说，好一个绝代天仙，好一个香草美人！今得相见，也算是百世奇缘，三生厚福。当即赏赐了大量的珠宝衣饰，并嘱咐宫女、太监：只要香妃提出要求，一切都予以满足。

　　为了讨得美人的欢心，乾隆不惜破费巨量资财，在今天的新华门那里，专门给她修建了一座伊斯兰式的豪华住宅，名曰宝月楼，里面一切设施，包括浴池、壁砖、衣镜、装饰画等等，以及生活起居、日常习惯，都和在西域的情形没有什么两样。还在宝月楼的对面，特意修建了一座清真寺；在皇城墙外，盖起"回部"市廛楼台，设置了"回回营"，辟出一条"回回街"，设肆售货，演奏体现"回部"风情的乐曲，使香妃有身在家园的感觉。但是，乾隆皇帝到底失算了，这种浓郁的环境氛围，不仅没能慰藉香妃的思乡之情，反而更加撩拨起其心灵深处的背井离乡的痛楚。

　　自从入宫以来，香妃一直是冷若冰霜，对于皇上的种种垂顾，全然不加理睬。就是万岁爷的圣驾到了，她该做什么还是做什么，旁若无人一般，一任皇帝在那里怔怔地望着，她只是撅着嘴巴，垂着眼角，木然没有半点反应。皇帝叹了一口气，自言自语地说，朕和香妃，怎么就这般无缘！难道真是天仙下凡，可望而不可即吗？皇帝走后，宫女们赶忙过来相劝，说，后宫佳丽三千，哪个不翘首望幸！别说皇帝主动登门，就是有机会被瞧上一眼，也觉得无比荣幸。女人一辈子希图着什么？还不是夫荣子贵，终身有个依托！你若是肯顺从于皇上，说不定一年过后就生下一个王子，马上就会成为正式的皇帝后妃，风光一世，万古留名。你怎么就这么任性，这么倔强，想不开呢？

　　开始，香妃并不想吭声，因为话不投机，说什么也无益。后来，越听越觉得不顺耳，便冷冷地搭讪了一句：各人有各人的活法。香妃生长在一个与内地截然不同的生活环境里，那里没有受到那么多的封建礼教的污染，婚姻关系相对自由开放一些。在她看来，爱情应发自内心，是最纯洁、最真诚的，掺不得假，勉强不得，更不能硬往一起捏。她无论如何不能理解，三宫六院那么多如花似玉的女子，怎么全都放弃了自己青春的梦想，眼汪汪地盯着一个皇帝，得不到满足还哭哭啼啼。——她不懂得这是怎么回事儿。男人女人，皇帝宫女，不都是人吗？为什么女人就不能有自己的意愿，自己的爱的选择和追求？为什么硬要把人家从千里万里之外劫掠到这里来，像对待牲口似的，不吃草硬要按脑袋？……是呀，霍集占犯了事，后果由他自己承担，那叫自作自受，犯不上要把妻子搭上。香妃是清白无辜的，香妃的人身是自由的，人格是独立的，她有权选定自己的出路，安排自己的情感取向。"三军可夺帅也，匹夫不可夺志也"。

香妃的言谈举止，使宫女们震撼。个性？独立？自由？女子特别是打入深宫的女子，同这些是根本不沾边的。虽然她们不能理解，也并不认同，但是，从此之后，对香妃却添了几分敬重，不能不另眼相看。出于深切的同情，几天过去，她们又来解劝香妃：皇帝可不是好惹的，"金口玉牙，说啥是啥"，万一龙威震怒，可就活不成了；就算是舍不得杀了你，哪一天，高兴了，忍耐不住了，硬把你弄过去，动了真格的，小胳膊还能拧过大腿吗？香妃听了，冷笑一声，说："人活百岁，终有一死，我早就做了这一手准备，一旦把我逼急了，我就……"这时，宫女们发现香妃衣服下摆里藏有一把雪亮的匕首。天哪，自刎也好，刺人也好，后果都是不堪设想的——她们都吓傻了，便也不再劝说，个个悄悄地退下。

她们慌忙跑到皇后富察氏那里，不敢隐瞒，把这种种见闻一五一十地交代清楚。皇后也觉得事态严重，但又想不出什么办法。自从香妃过来之后，皇帝早已把她冷冷地甩在一边，不闻不问，尽管恨满心头，她嘴上却绝对不敢露出半个"不"字。最后，倒是乾隆的母亲——皇太后钮祜禄氏，一锤定下了音：设法除掉她！因为她了解自己的儿子，极端任性，当面一定劝他不转，莫如下个狠心，干脆来个"釜底抽薪"，也就断了他向往的念头。于是，趁乾隆皇帝到天坛祭天之时，安排了两个太监，悄悄地在宝月楼把香妃绞死了。"郁郁佳城，中有碧血"。哀哉！

因为一切都是太后策划的，乾隆皇帝也不便发作，只是，终日惨然寡欢，怔怔忡忡，失魂落魄一般。他现在唯一能做的，就是吩咐太监将香妃用上好棺木装殓起来，找个风景绝佳、环境幽静的地方埋葬下。于是，右安门内的南下洼，陶然亭北的土坡下，便有一座新坟掩映在荒烟蔓草里，给后世才人留下了无尽的遐思，缠杂不清的话题。"碧亦有时尽，血亦有时灭，一缕香魂无断绝。"如此而已。

依皇帝旨意，原本要在这里建一座规模宏丽的陵寝，设计方案已经定下，但未及开工就停下了。1933年，清代著名工匠曹发达的后裔曹献瑞，迫于生计，将祖传下来的清朝各项工程图样转卖给北平图书馆与中法大学。整理图卷过程中，人们发现了一篇《香妃陵工图说》，详细记载了奉旨设计年月、工程图案、陵园地址，以及因太后干预未能动工等情由。经核对，图样中所标示的地址正与香冢所在地点完全吻合。但是，"四十五言铭古冢，埋香瘗恨总模糊。"——那座短碣上的《瘗香铭》究竟刻在何时，是不是安葬当时就立下了？铭文出自谁人之手？如何索解？一切一切，都已为历史的烟尘所吞没，成了一个无人能够破解的谜团。"是耶？非耶？化为蝴蝶。"

雪已经停了，陶然亭公园内依旧见不到几个人影。我一时还无意离开，便在香冢周围闲步，忽然联想起流传在城外的一桩故事。人世间的事情，往往是无独有偶，呈现意外的巧合，说来也是蛮有意味的。

十多年前，我在苏联的雅尔塔，参观过一处著名古迹巴赫奇萨拉伊，这里曾是古克里米亚汗国的首都。在始建于1519年的鞑靼王基列伊的宫殿的旁边，有一座非常显眼的用白色大理石镶嵌的喷泉，上面高悬着一钩金属锻造的弯弯新月，相传是基列伊国王为寄托他对痴情苦恋的一位波兰郡主的哀思而修建的。整整过去了三百年之后，伟大诗人普希金游克里米亚半岛之行，从一位女友那里听到了这个动人的传说，于是，花费三年时间，把它写成了一部题为《巴赫奇萨拉伊的喷泉》的著名长诗。后来，剧作家又把它改编成一台名叫《泪泉》的四幕芭蕾舞剧，我在原列宁格勒基洛夫剧院曾连续看过两次。故事凄婉动人，人物形象个性鲜明，富有艺术感染力。

舞剧第一场，表现波兰郡主玛丽雅·波托斯卡娅聪明美丽，活泼可爱，"她是白发老父的骄傲／她使他的晚年充满欢笑／她的稚气天真的心意/就是她老父奉行的法律。"（引号中为普希金诗句，下同）谁知，灾祸突然降临到了头上：可汗基列伊率领鞑靼大军像河水一样涌进了波兰，铁骑过处，流民遍野。父王惨遭杀害，郡主本人也成了俘虏，大军归来之后，可汗把她关在巴赫奇萨拉伊的豪华宫殿里。

第二场：鞑靼王的后宫里，有数不清的妖姬美女，一个个在那里忙着梳妆打扮，渴望着皇上的临幸。可是，无论哪一个，可汗都没有动心，甚至连年轻美貌的皇后莎莱玛也抛在脑后了。"一天天，一月月，一年年/都是忧愁接着苦闷/不知不觉地带走了/她们的爱情和青春。"可汗情有独钟的唯有那个外来的波兰郡主，但这只是一厢情愿，玛丽雅却对可汗冷峻得像一块铁石、一柄利剑，整天"水米不沾牙"，可怜她已经憔悴、枯萎得瘦骨嶙峋了。

第三场：一天晚上，可汗又来到玛丽雅郡主身旁，摘掉了王冠，脱下了斗篷，显得殷勤备至，恭谨有礼，可是，玛丽雅却全然不理不睬，憎恨他剥夺了她的自由和欢乐，葬送了她美妙的青春。"当周围的一切这时候/在疯狂的淫乐中沉沦/这个为奇迹拯救的角落/却掩护着端庄的圣灵/一颗心虽是谬误的牺牲/就在罪恶的狂欢之中/仍遵守着一个神圣的保证/保存着唯一圣洁的感情……"可汗无奈，只好悻悻然离去。玛丽雅在无边的孤寂中静静地睡去，处女的幽梦为她的双颊染上鲜艳的红霞，脸上还带着两行新鲜的泪痕，看上去越发显得娇柔妩媚，楚楚怜人。王后莎莱玛像幽灵一样走过来了，她以慌乱的手打开了门，发现可汗的王冠和斗篷留在那里，又看到郡主梦中伊甸园天使般幸福的笑容，顿时妒火高燃，再也控制不住自己了，抽出利刃，向郡主的胸膛刺去，鲜血染红了床榻。一场惨痛的悲剧，终于酿成了。可汗看到这种惨状，愤怒得简直要发疯了，当即命令卫士将王后抛入大海，予以最严厉的惩罚。

第四场：可汗陷入极度的痛苦之中，大臣们百般劝慰也解脱不了。他发狂地点燃战火，发兵侵略了高加索邻近诸国和俄罗斯的和平村庄。班师回朝后，为了寄托对玛丽雅郡主的无尽哀思，在王宫幽静的一角，修建了一座喷泉。"泉水在大理石中哽咽/像清冷的泪珠向下滴/扑簌簌，永远不会停息。"

尾声：可汗呆立在喷泉前，眼前幻象环生，"是玛丽雅纯洁的灵魂/还是莎莱玛满怀妒意/在荒芜的后宫里飞奔？"他在昏眠中晕厥过去。

从"记忆之宫"里转悠出来，我朝陶然亭公园的大门走去，最后向香冢投去依依惜别的目光。这两个影像——香冢与泪泉，已经在我的脑海里叠合在一起：同样两个惊才绝艳又志高行洁的女郎；她们同样被迫离开可爱的家园，被幽禁在皇宫深处；她们面对的是两个同样贪婪好色的独裁者；同样为酷爱个性自由和人格独立而坚贞不屈；最后又遭遇同样悲惨的下场——死在两个同样凶狠毒辣的女人手里；特别是，一瞑之后，同样没有身名俱亡，幸遇文坛知己，写下了各自的《瘗香铭》，使她们像两盏耀眼的明灯，闪烁在封建专制王朝幽暗的夜空里。

原载于《美文》2003 年第 10 期

我的日语启蒙老师海卓子

文洁若

一九三四年七月初到日本时，我们语言不通，父亲便请了一位家庭教师来教我们日语。她名叫海卓子，是附近麻布幼儿园的保育员，一位好脾气有耐性的日本女子。她不谙华语，所以只能采取直接教授法。她的教学得法，半年后四姐和我双双跨过语言关，分别插班入麻布小学一年级和三年级。日本学校一学年分三个学期，那已是最末一个学期了，四月一日升了班。

我们上学后，家里又添了一位家庭教师。他姓今野，是专门开补习学校的，每晚来两小时。父亲请海卓子改教大姐、三姐和母亲。姐姐们忙着在圣心女子学院攻读英文，根本抽不出时间。母亲已四十开外，学外语确实有困难。

不过我们都很喜欢这位好脾气的日本大姐姐，只要她来了，便一拥而上，听她讲故事，跟她学儿歌。姐姐们背后念叨，教大人也罢，教孩子也罢，反正没有让她白跑就行了。

朴弟和概弟也分别进了麻布幼儿园的梅班（大班）和桃班（中班）。由于海先生正好负责梅班，关于幼儿教育，经常和父亲联系。再过一年，朴弟进了小学，概弟又升到她那班。幼儿园是附属于小学的，就在校园后身。一天，有个中国孩子撒起野来，大闹幼儿园，把全校师生都惊动了。我也跑去看，只见那个孩子满脸的鼻涕眼泪，海先生正在找他。他把海先生的和服前带和袖子哭湿了，还打了她嘴巴。我已忘掉那一次是怎么收场的了，只记得海先生始终笑容满面，细声细气地哄劝着他。海卓子从少女时代起就有了个人事业。在教育受到重视的日本，作为儿童教育家，她获得了整个社会的尊重。

1936年东京发生了二·二六事件（日本法西斯军人武装政变事件），我们举家于当年七月回到北平。一年后，日本军国主义者发动了全面侵华战争，从那以后，海先生的音信也断绝了。

1985年6月，我以日本国际交流基金研究员身份访日。初抵东京，研究工作太忙，抽不出身来。转年4月，我才打听出海先生的电话号码，给她打了个电话。我劈头就问：

"您是海先生吗？您记不记得三十年代有一家姓文的中国人，四个孩子在麻布小学念过书？"

"当然记得喽！你是第几个？"

话筒中传来了海先生那清脆兴奋的声音，完全听不出讲话的是位老人。

"我是女孩子中最小的一个。"

她一迭连声地问道："哦，是那个一年级娃娃呀！你弟弟朴君好吗？概君呢？你大姐、三姐、四姐好吗？令尊令堂呢？"

多好的记忆啊！我把家里人的情况逐个儿说个清楚。

我原计划半个月后去参加麻布小学成立一百一十周年纪念，估计她也去，就约她在会场上碰头。但是不！她说那太晚了，她要及早和我见面。4月25日我刚好要到港区的国际文化会馆去听日本首任驻华大使小川平四郎的讲话，便约定那天上午十一点到白金台幼儿园去看她，当时她是那所私立幼儿园的园长。

　　说也怪，我老远就一眼认出在院子里用铁桶接自来水的老太太便是海先生。她扎着条围裙，衣着朴素，丝毫也没有园长的派头。半个世纪了，除了头发花白，戴上了眼镜，眼角添了鱼尾纹外，她几乎没有失去昔日的风韵。

　　我送给海卓子我和朴弟合译的《曾野绫子小说选》和《海魂》，她签名送给我们她的著作各两本。在送给弟弟的那本著作《孩子的危机——如何回归大自然》上题的是："我眼前又浮现出五十年前的你的形影。"在《儿童保育须知》上写的是："怀念当时，感谢自己能活到今天。"

　　随后，她领我在幼儿园里转了一圈。教室里铺着地板，揩拭得纤尘不染。园内最突出的是宽大的庭院。除了滑梯、压板、秋千等娱乐设备外，后院还有座小山，郁郁葱葱的树林里传来鸟语。遍地是花草，发出浓烈的泥土气息。这一切都是为了让孩子们回到大自然的怀抱里自由活动。只见娃娃们像刚撒出鸟笼的小鸟般尽情奔跑着，多么纯真可爱呀！甚至带点野性。一家私立幼儿园在一寸土壤一寸金的东京都内居然保留了这样一片大自然风光，真是难以想象。院心还有鸡笼，几十只鸡都放出来了，到处啄食。还有几只鸽子。海先生说，原先还养过兔子呢。孩子们喜欢活物，通过养鸡，他们能了解孵鸡的过程，看着小鸡成长，也给他们很大乐趣。政府办的幼儿园，每月只需交四千元，而这所私立幼儿园，每月要两万元。可是要求入园的还络绎不绝。名额是三百人，每年都有进不来的。

回公寓后，我翻看海先生送给我的两本书，对她有了进一步的了解。她于1909年生在东京都港区白金（也就是白金幼儿园所在的地区），1928年毕业于私立昭和幼儿师范。1986年我见到她的时候，她不但是幼儿园的园长，还在青山学院大学和青山学院女子短期大学担任讲师，著有《幼儿的生活与教育》《幼儿社会性的指导》《幼儿教育理论》《人格的形成》《幼儿社会教育法》《今后的保育》等书。我还是头一次见到一位幼儿园园长在大学里开课，并且有这么多著作！

白金幼儿园是1947年创立的，到了1975年，曾有人计划要在与幼儿园毗邻的国立自然教育园旁边盖起一座摩天大楼。那样一来，水源就必然断绝，树木也会枯死。在家长们的支持下，幼儿园向有关官厅请愿，居然迫使有关方面打消了盖高楼的计划。这也表明当局对幼儿教育的重视。

同海卓子阔别了五十年，她已成为一位卓有建树的儿童教育家。伴随着经济繁荣，日本社会出现了种种弊端。娃娃们生长在高层公寓里，见不到阳光，接触不到土壤。有的营养过剩，缺乏运动，成了肥胖儿。有的精神脆弱，小小年纪就自杀。还有的娇生惯养，不合群，性情乖张。海卓子数十年如一日，坚守岗位，根据她积累的丰富经验，在培养一代又一代日本人方面，实现着她的理想。

5月10日，我又和海先生在麻布小学成立一百一十周年的庆祝会上见面。那一天又是麻布幼儿园成立五十周年。那天我才得悉，原来朴弟是幼儿园的首届毕业生。好几位年轻的保育员围着海先生，听她讲解哪张照片是哪一年拍的，照片上的人都是谁。她可以说是麻布幼儿园的一部活词典。陈列橱里摆着一部部年刊，在1935年度的年刊上，我找到了朴弟的形影。我们家那部一直保存到1966年，在"红八月"中被焚毁。会后，当年教过朴弟的另一位保育员小山田九子请我和海先生去吃法国点心。海先生指着高速公路前的一片楼房说，可惜你们当年住的那一带都拆掉了。

吃点心、喝咖啡时，我才晓得，侵华战争期间，海先生的丈夫因患肺病，免除了兵役。没等日本投降，他就去世了。他们没有孩子。比海先生略小几岁的小山田九子，则一直没有结婚。那些年，小伙子都被送到前线当炮灰了，很多少女只好独身。匆匆忙忙和即将开赴前线的士兵举行了婚礼的，往往没多久就成了寡妇。

后来我同海卓子又见了两次面，她请我吃了一顿鳗鱼饭，我在幼儿园附近的中国餐馆请她吃了中国饭。她名副其实地以幼儿园为家，她那间朴素的日本式卧室的楼下，就是娃娃们上手工和音乐课的教室。她成天为娃娃们操持，在他们的欢笑声中找到了快乐。临分手时，她送给我一沓照片。那是半个世纪前我们在东京照的全家福。"文革"中，我把家里的旧照片通通烧毁了，事后懊悔不迭。她知道后，就把当年我们送给她的那张翻拍了，放大六张，说是送给我们兄弟姐妹每人一张。

我于1986年6月回国后，朴弟的两个女儿小静小黎相继赴日留学，小静还与日本青年池田隆（一位工程师）在东京成了家。她结婚和生孩子时，朴弟曾偕弟媳去探过亲，有一次她把朴弟在幼儿园时期的几个同届毕业生找来跟他团聚，畅叙旧事，合影留念。所以近十五年来我们和海先生一直有来往，每逢11月20日她的诞辰，我们必联名给她寄贺卡。

1996年，海卓子八十七岁时光荣退休，住进港区为那些有终身成就者办的"老人之家"。由于毕生献身于幼教事业，成绩卓著，海卓子获得了日本天皇授予的勋章。

原载于《美文》2001年第6期

一种慰心的生活

阎连科

　　我的父亲有十五年没有和我说过一句话了。埋他的那堆黄土前的柳树都已经很粗了。不知道他这十五年想我没有，想他的儿女和我的母亲没有，倘若想了，又都想些啥。可是我，却总是想念我的父亲，想起我小时候父亲对我的训骂和痛打。好像，我每每想起父亲，都是从他对我的痛打开始的。

　　能记到的第一次痛打是我七八岁的当儿，读小学。学校在镇上，在镇上的一座老庙里，距家二里路，或许二里多点。那时候每年的春节前，父亲都千方百计存下几块钱，把这几块钱全都换成一沓簇新的一毛的角票儿，放在他睡的苇席下，待大年初一那天，再一人一张地发给他的儿女、侄男侄女和在正月十五前来走亲戚的孩娃儿们。可是那一年，父亲要给大家发钱时，那几十张一角的毛票却没有几张了。那一年，我很早就发现那苇席下藏有新的角票儿。那一年，我还发现我上学的路上，我的一个远门的姨夫卖的芝麻烧饼也同样是一个一毛钱，我上学时总是从那席下偷偷地抽一张，在路上买一个烧饼吃。偶尔胆大，抽上两张，放学时再买一个烧饼吃。

那一年，从初一到初五，父亲没有打我，到了初六，父亲问我偷钱没，我说没有，父亲让我跪下了，又问我偷没有，我说没有，父亲在我脸上打了一耳光。再问我偷没有，仍说没有，父亲又朝我脸上打了一耳光。记不得父亲统共打了我多少耳光了，只记得父亲直打到我说是我偷了他才歇手的。

记得我的脸又热又痛实在是不能忍了，我才说那钱确是我偷的。说我偷了全都买了烧饼吃。然后，父亲不再说啥，把他的头扭到一边去了哩。我不知道他扭到一边干啥，不看我，也不看我哥和姐姐们。

第二次，仍是我十岁前，我和几个同学到人家地里偷黄瓜。仅仅因为偷黄瓜，父亲也许不会打我的，至少不会那样痛打我。主要是因为我们偷了黄瓜，其中还有人偷了人家菜园中那一季卖黄瓜的钱。人家挨个儿地找到我们每一个人的家里去，说吃了黄瓜就算了，可那一季瓜钱是人家一年的口粮哩。

父亲也许认定那钱是我偷了的，毕竟我有前科哩，待人家走了后，父亲把大门闩上，让我跪在院落的一块石板地上，先噼里啪啦把我打一顿，才问我偷了人家的钱没有。因为我真的没有偷，我就说真的没有偷，父亲就又噼里啪啦地朝我脸上打，直打得他没有力气了，气喘吁吁了，才坐下来直盯盯地望着我。

那一次我的脸肿了，肿得和暄虚的土地一个模样。因为心里委屈，夜饭没有吃，我便早早地上了床。上床也就睡着了。睡到半夜父亲把我摇醒来，好像求我一样问："你真的没有拿人家的钱？"我朝父亲点了一下头。然后父亲就拿手在我脸上轻轻摸了摸，又把他的脸扭到一边去，去看着窗子外。看一会儿他就出去了。出去坐在院落里，孤零零地坐在我跪过的石板地上的一张凳子上，望着天空，让夜露潮润着，直到我又睡了一觉起床小解，父亲还在那儿静坐着。

那时候，我不知道父亲坐在那儿想了啥，三十年过去了，我还是不知道父亲到底想了啥呢。

第三次，父亲是最最应该打我的，应该把我打得鼻青脸肿、头破血流的，可是父亲没有打我。我没有让父亲痛打我。那时我已经越过十岁了，到公社大院里去玩耍，看见一个公社干部屋里的窗台上放着一个精美铝盒的刮脸刀，我便把手从窗缝伸进去，把那刮脸刀连盒拿出来，回去对我父亲说，我在路上拾了一个刮脸刀。父亲问："在哪儿？"我说："就在公社大院的门口。"

父亲不是一个刨根问底的人，我也不是一个高尚纯洁的人，后来，那个刮脸刀父亲就长久地用将下来了。每隔三朝两日，我看见父亲对着刮脸刀的小镜刮脸时，心里就特别温暖和舒展，好像是我买给父亲的。我不知道为啥，我从来没有为那一次真正的偷窃后悔过，从来没有设想过那个被偷了的国家干部是什么模样儿。直到十余年后，我当兵回家休假时，看见病中的父亲还在用着那个刮脸刀在刮脸，心里才有一丝说不清的酸楚升上来。我对父亲说："这刮脸刀你用了十多年，下次回来我给你捎个新的吧。"父亲说："不用，还好哩，结实哩，我死了这刀架也还用不坏。"听到这儿，我有些想掉泪，我把脸扭到一边去。

我把脸扭到一边去，竟那么巧地看见我家墙上糊的旧《河南日报》上，刊载着1981年第2期《百花园》杂志的目录，那期目录上有我的一篇小说题目，叫《领补助金的女人》，然后，我就告诉父亲说，我的小说发表了，还是头题呢，家里墙上糊的报纸上，正有目录和我的名字呢。父亲便把刮一半的脸扭过来，望着我的手在报纸上指的那一点。

两年多后，我的父亲病故了，回家安葬完了父亲收拾他用过的东西时，我看见那个铝盒刮脸刀静静地放在我家的窗台上，铝盒在锃光发亮地闪耀着，而窗台斜对面的墙上，那登了《百花园》目录的我的名字下和我的名字上，却被许多的手指指点点按出了很大一团黑色的污渍儿，差不多连"阎连科"三个字都不太明显了。

算到现在，父亲已经离开我十五年了。在这十五年里，我不停地写小说，不停地想念父亲。而每次想念父亲，都是从他对我的痛打开始的。我没想到，活到今天，父亲对我的痛打竟使我那样感到安慰和幸福，可惜的是，父亲最最该痛打、暴打我的一次，却被我遮掩过去了。至今我没有为那次偷盗懊悔过，只是觉得，父亲要能对我痛打上三次、四次就好了，觉得父亲如果今天还能如往日一样打我骂我就好了。当一个作家有什么意义呢？能让父亲如往日一样打我吗？不能哩，不能当作家有什么意义呢？

五年前，我的孩子九岁半，不停地从家里偷钱去买羊肉串，吃得他满嘴起燎泡，发现后我让孩子跪在水泥地板上，一个耳光一个耳光往他的脸上捆，从此后，我就再也没有打过我的孩子了。今年他上初三，有次考试本应考好的，可是没考好。没考好的他给我写了一封信，信上说："爸爸，你打我吧，你为啥不打我呢？你为啥不打呢？你应该打的呀！"今年我出差回家，正赶上给父亲上坟，站在父亲的坟前，拉着坟前泛青的柳枝，想父亲如果能手持柳枝从坟里出来打我该有多好呀，那是多么慰心的生活呀！

原载于《美文》2000 年第 8 期

三题任世德

陈忠实

关于阅读的可靠性

阅读任世德的传记《一路走来》，突然意识到阅读的可靠性这个话题。

读这部书稿，我很快便投入其中直到陷入其中。这是一种情感的陷入，一种由情感引发的整个心理感受的深深的陷入。不是通常所说的感动了，我的心悸颤了。我与写这本书的作者和被书写的传主发生共鸣了。稍稍平静下来，我首先想到的是一部作品给读者阅读的可靠性这个话题。

我常常招架不住写家、评论家、导演家在作品面世前的阐释的诱惑，去看一部小说、一部电影或一部电视连续剧，结果往往不大美妙，在多数的阅读和观赏的真实感受里，基本找不到阐释词中所标榜的主义和意义。屡屡受挫，就有了关于阅读的可靠性的质疑。尽管知道这是艺术进入商品时代的初级伎俩，譬如好酒和假酒都不能悄悄默默固守在深巷里，都要走出深巷、走上大街、走上报纸、走上电视、走进广播等媒体兜售，劣酒和好酒较劲的功夫都写在广告词的制作上了。多年前有一种以中国文化先师命名的酒，畅销全国，广告覆盖了从中央到地方各级传媒的荧屏和版面，赚了一大把钱，我曾对本省一家很有名气的老字号酒厂的老板说："你们是否舍不得广告费？"他说，那家酒厂其实连作坊都没有，只有一个勾兑车间，从包括本厂和全国好几家酒厂购进原生酒，勾兑后就装瓶出售了……现在，这家只做勾兑没有作坊的酒家是否还存在，搞不清楚，这种以文化先师命名为品牌的名酒，似乎已从大小酒店、酒铺和超市骤然消失了。我想，曾经喝过此酒的人，于今回想起来的那份心理感受，大约与我上述的阅读作品、观赏影视之后的感觉相类似。然而我也能自我宽心，初级阶段的中国市场经济就是这样，假酒更需要铺张造势的广告；小说和电影也是商品，同样需要铺张造势，好走出深巷播扬于闹市，好赚钱过好日子。于是我在阅读某些小说包括翻译过来的作品，观赏某些电影电视之前，就有了如同酒席上选择那种酒的类似情形，这个酒到底咋样？尽管如此，还是免不了有受挫的感觉，还是要阅读作品、观赏影视，如同喝酒的人不会因为喝了几回假酒而戒酒一样。

《一路走来》之所以引我发生情感和心理的陷入，首先是作品的可靠性。可靠性的最基本品格之一是真实。这部书的传主任世德就是一个普通人。一个当过农民、做过工人、穿过军装、坐过机关、扛过相机、当过记者又经营着文化企业的阅历十分丰富的人。然而，他确确实实是一位普通人，当兵虽有惊人的英雄事迹却未被宣传，当干部也没有显赫的级别，却是一个让我能够可靠地感受真实的生活进程，且引发心理共鸣、情感陷入进而思考社会的人。

《一路走来》提供给我的，是一个人六十年的真实的履痕和真实的心路历程，从农村到工厂到军营到机关到商海，任世德经历了苦难也得到过温馨，遭遇过死神的逡巡也经历过爱的抚慰，遭受过包括牢狱的冤枉也得到过正直和良心的仗义。一个人的生命经历，透视着六十年社会生活的阴晴雨雾，涌动着生活底层的清流和浊水；一个人追求什么经历了什么得到过什么，心灵怎样被生活现实锤打着颠覆着也锻铸着；一个人面对阳光的欢欣和面对泥泞以至陷阱的无奈，怎样坚守作为人的正义、正直、善良这些最基础的品质，从而能够在他六十岁到来时说一声，我终于没有堕落！

我曾经读过中国和世界的一些在政治、军事、科技和文学艺术上有过大作为的人物的传记，有些属于名家的名著，有些是专业的传记作家的作品，有的是身边人包括秘书、子女的写作，都给我以不同方面的启示。《一路走来》写的是普通人任世德。任世德与我同龄，属相为马。他阅历中的职业色彩比我多样多变也更加丰富，然而我们生活历程中大的社会背景却是一样的，书中叙述的他的生活感受，于我不仅毫无陌生感，而是身同心同，以至激发起我对过去生活的重新回嚼。即使是我没有经历过的工厂和军营，也仍然感受到亲切，丝毫不隔阂。一个普通人的生活历程，更多地给我的是亲近，这得助于作者李沙铃和秋乡的笔墨。

在这部传记里，我欣赏到的不仅是作家遒劲的笔力，更强烈的是作家思想的敏锐和深邃，把一个普通人的人生经历，开掘得有声有色，颇多警示，颇见惊世骇俗的力度。

关于饥饿

任世德生长在号称米粮川的关中平原的兴平县。这块属于俗称白菜心的富庶之地，大约在史称"三年困难时期"之前的二十世纪五十年代，贫穷尽管贫穷，一般农家粗粮淡饭还是可以吃饱肚子的，然而白面和肉食却是稀罕物。作品写到尚未完全成年的任世德被招进一家国营大厂，第一顿午餐看见白生生的大米饭和管饱吃的肉菜，那个惊讶，那个贪馋，读来令人动情伤感。这何止是任世德一个人的特殊感觉，而是包括我在内的，一个时代的农村孩子的共同经历。还有一处细节，写进入"三年困难时期"又回到乡村当了农民的任世德，不仅再不能享受工厂食堂的白米细面和肉菜，在农村里真正体验了饥饿，连少年时代的粗粮也吃不饱了。他去参军，临走时母亲瞒着弟弟塞给他一块油渣。油渣是关中农村用棉籽榨过油后的油渣，通常是用来给瓜果和棉花作为肥料用的。现在，油渣成了上等食品，不是随便可以享受得到的吃食了，因为他要参军上路远行边关，母亲才把藏置许久的这一块油渣塞给他，作为干粮，而且是瞒过弟弟偷偷塞给他的。到部队集合地点报到时，领到了一个大白馒头和一碗有肉块的菜，来送行的弟弟和他一样傻眼了。任世德此时才掏出那块油渣，和弟弟一块就着肉菜享用了，把那个半斤重的白面馒头，让弟弟拿回家去给母亲。我读至此，便泪眼模糊，读不下去了。

　　贫穷和饥饿，曾经是我们生存的土壤，很长一段时期煎熬着我们的身体和心灵，留给任世德和我这一代人至死也无法忘记的记忆。每有触及，便在眼前浮荡起来，便在心里引起回响，便牵动人情感世界里最脆弱的那一根神经的战栗。

　　令我感动钦佩的是，在贫穷和饥饿的煎熬中，任世德默默地承受着，显示着巨大的承受力。尤其是在后来的农场里，他忍受着饥饿，却顽强地创造着解除或减轻饥饿的果实，真可以说是动天地而泣鬼神的。他没有逃避，也没有放松自己做人的尺码，保持了一个汉子的道德和操守。而我们常见的现象是，在这样的困境的压迫下，有人放纵自己以至堕落。困难和饥饿煎熬的过程，恰恰是任世德成长的过程。他踏过了泥泞，也学习了文化，反而在精神上比任何时候都富有都强大了。人的价值的升华或贬损，往往就在那个很难熬的过程中自然区分开来。

　　更令我感动钦佩的是，现在已经不再贫穷的任世德，对待金钱的态度。他在经营一家广告公司的过程中，突显出思维的超前性和经营的才能，加之他的诚实和信用，广告公司的经济效益颇丰厚。然而在他的生活中，仍然动情于一碗蒜水蘸面片，简单而又可口，没有时下某些大款挥霍摆阔的做派。可任世德又绝不吝啬，仍然保持着一个善良人真诚的同情心，每每遇到或听到自己过去的同事（有下级也有上级）遭遇不幸和困难，不管这些人与自己的关系远近亲疏，都会送去一份心意，几百成千不等。不单是现在他的广告公司获利时，即使原先做普通干部拿固定工资时也是如此。人的品质中的正直和善良是天生的，没有正直就没有善良，正直本身隐含着真正的而不是虚伪的善良。正直和善良是个人品质和精神的基石，不受社会地位和经济状况的左右，若受到这些因素左右了，正直和善良的色泽就会消失。当人们普遍叹惋商品利益冲淡了人世间的同情心的时候，作为普通人的任世德，依然守护着自己心灵世界的道德家园，体现出作为一个人的健全健康的人格。

关于对灾难的承受力

在这本传记里，我看到了作为一个人的任世德对灾难的巨大的承受力。这应该是这位普通人精神世界里最强大的支柱性质的东西。

他承受过贫穷和饥饿。他承受过战场的艰苦和随时可能遭遇的死神。他承受了非常时期里在非常环境下，比农人种植庄稼还要艰辛的超负荷劳动。他都挺过来了，他不是悲悲凄凄、怨怨艾艾地被动地承受，而是脚踏实地不遗余力主动地承受。这是他总是能走出困境、走出灾难的精神因素，自然也包括他豁达的性格因素。在人生漫长的承受灾难历练中，任世德成为普通人中的强者，这主要指他的精神。

在如上述这些自然的生活的社会的普遍性灾难中，如任世德一样磨砺过承受力的，同时代有一批人。而经受不白之冤，蒙受监牢之苦、之委屈、之屈辱的人，就成为极个别人的灾难了。任世德就遭逢了一回。对于这种灾难的承受力，远非上述那些灾难的意义可比。正是在这一偶然的冤案的过程中，作为普通人的任世德的心理承受力，令我感动，令我钦佩。

1980年的中国城市人，在充分感受安定祥和的社会生活气氛的同时，工资见涨，奖金也见涨了，作为国营军工大企业的职工，自然是首先体会到春江水暖的鸭子。有了吃饭穿衣之外的富余钱的职工们，普遍渴望家里能添置一台电视机。那时候的电视机主要依赖进口，一般家庭能购得起的是十二英寸和十四英寸的黑白电视机，在日渐迫切的需求的呼声中，任世德和他的同事受众人之托、也受领导委派，到广东去购买回来几百台十四英寸黑白电视机。满足了许多家庭的心愿，赢得了职工的欢心爱戴，也显露出任世德会办事的能力。几年后，任世德被无端怀疑在购买电视机的过程中有问题，首先是作为经济犯罪大案提出来，之后又收容审查，进了号子，时间几近一年之久。

这个案情不只是十几年后的今天，让人感到荒唐，即使在当时法制尚不健全的情况下，许多人也感到莫名其妙。这件荒唐的冤案在这本传记中是最沉重的一笔，也是传主任世德人生历程中最沉重的一笔。他经历中的贫穷和饥饿，是那个时代绝大多数人的经历；他经历的战争死亡的磨砺，有一块爱国的英雄主义的磨石沉在心底；唯独蒙受屈辱的冤案，于心理上是无从诉述也无法自释的沉重。在这个过程中和过程之后，我才看出了作为普通人的任世德的不平凡之处。

面对这个人为的灾难，他的态度比我想象的要简单得多。他只抱住一条老主意，我没有做睡不着觉的事，在号子里仍然踏实入睡。这种做人的修养和心态，恐怕用处事不惊这个词也难以概括。一个老实人的老主意，才是对待灾难的强大的承受力的基础。一个对社会对世界玩着两面派手段的人，内心永远都是虚弱慌乱的，即使没有灾难降临，时时处处都摆脱不掉虚假带来的内虚的幽灵。

更让我感动钦佩的是任世德事后的态度。他从冤案和冤狱中走出来，不仅不闹，连那些给他制造冤案的人他也原谅了。他说他们还陷在"整人"的习惯性思维和心态中，恨他们闹他们已经没有多大实际意义，他要抓紧时机去干他想干的事业了。他被委任去创办《军工报》，几乎是白手起家，短短时间内就把一张专业报纸办得红红火火，创造出令人眼热的雄厚的家底。而与他一起因购买电视机而蒙受同样冤屈的同事，为讨一个公道，讨一个正名的平反通知，愤懑和忧虑得难以解脱。任世德接受了事实上的平反，并不看重那一张平反通知。这是同样合理的两种态度。

我曾经说过，我的整个人生体验可以用一句话概括，就是不断增强承受痛苦的能力。这样才能踏过种种灾难的泥泞，走出自己的天地。我正是在任世德这位同龄人身上，感受到了这点相通的东西。

2002 年 6 月 19 日于小寨

原载于《美文》2003 年第 10 期

傻瓜的乐园

迟子建

　　傻瓜成傻的原因各不相同，但他们成傻后的快乐却是相同的，喜欢游逛，喜欢笑。

　　我童年生活的山村不过百户人家，但却有六七个傻子，他们的存在，曾给处于游戏年龄的我带来无尽的快乐。在我看来，我们那个四面环山的村子就是他们生活的乐园。

　　我家的后一趟房，有一个傻子，他叫大肥。他是那几个傻子中唯一不出门的一个。大肥长得又白又胖，他整天躺在摇车里，除了吃，就是睡，连翻身也不会，别人说他出生后就没长骨头。夏天时，他的家人爱把他的摇车吊在院子的稠李子树下，我在自家的后屋常能听见他的哭声，他哭的声音不是婴儿的那种奶声奶气，而是跟大老爷们儿一样地粗着嗓子号。也难怪，虽然他看上去只有两三岁的样子，但他已经有十来岁了。我喜欢悄悄溜到大肥家去拉他的手，他的手软得跟豆腐一样，雪白雪白的。我一拉他的手，他就笑。他本来就爱流涎水，一笑涎水就更多了，简直跟从山涧流下的泉水一样，弄得脸颊湿漉漉的。因着这涎水的缘故，他的脖子终日围着一条毛巾，使他看上去像个放懒的伙夫。大肥的家人很忌讳我们去看他，所以一旦被他的家长发现，就会被呵斥出去。周围的邻居都说，大肥是个怪物，说他活不长。他果然没有活长，十几岁时就死了。夏天时在晴朗的夏夜听不到后院大肥的哭声，我很难过。仿佛是眼看着一个神话破灭了，觉得生活暗淡了许多。

我最怕的傻子，叫二毛。他像恶狗一样具有攻击性。他很喜欢在街巷中穿行。他总是穿着灰突突的衣裳，胡子拉碴的。他独自走着时始终笑嘻嘻地，但他见到某些人时就会愤怒。有时他会突然揪住一个人大打出手。所以一看见二毛从前方走来了，明明他满脸的笑容，我还是会飞也似的朝家奔，关门闭户，敛声屏气地看着二毛经过。二毛也怪，你越躲他，他就越狂躁，他会把紧闭的门拍得山响，吓得我的心突突地跳，喘气都不匀了。虽然怕二毛，但还特别想见到他，见到他呢，就得掌握好和他的距离，看够不够逃跑的，我可不想被他像猫捉老鼠一样给摁在爪下。和二毛的相遇，因为有着冒险的成分在里面，就有些惊心动魄的意味了。二毛最终的结局怎么样，我不知晓，有人建议他的家长，给他说个媳妇，说那样他就会好了病了。但从我离开那个小山村为止，二毛还是独行着的，没见他的身边有小媳妇陪伴着。

最有情趣的傻子，叫傻仁。傻仁是我同学的弟弟，他在家排行老三，大家都叫他傻仁。据说他是得了脑炎后变傻的，原来他是一个极伶俐的孩子。他喜欢唱歌，唱的是什么谁也不清楚。他不像二毛那样有攻击性，但村子里的小孩子还是怕他，一见傻仨来了，就像小鸡被老鹰围困似的四处奔逃。傻仨认得我，他远远地见了我就会喊我的名字——迟子弹，他发不好"建"的音。我一听他叫我迟子弹，就气得火冒三丈，我会撵着他，声言要搡死他，傻仨就一路朝家逃，边跑边喊："妈呀，迟子弹要打我！"傻仨最忌讳人家说他傻，据说谁要说他傻了，他就会把家里的挂钟和收音机给拆卸了，拆完之后，再把每个零件各就各位地安上，收音机照样能说话，挂钟也照旧有板有眼地行走，让我们这些不傻的孩子都佩服得五体投地。我离开小山村多年后，有一次重归故里，在街巷中又看到了傻仨。他分明已经是个大人了，个子高了，眼睛还是那么的明亮，我以为他早把我忘了，谁料他定定地看了我半晌，突然指着我大叫："妈呀，迟子弹！迟子弹！"说着回头就跑。好像我手里真的端着一杆枪，子弹已经上膛，要把他的脑壳击碎似的。听母亲说，傻仨也死了，听说是冻死的。

最浪漫的一对傻子，是大潘和二潘。他们是一对双胞胎兄妹。他们的父母是表兄妹，属于近亲结婚。大潘二潘非常能干活，他们夏季时跟着父母去田间劳作，冬季时拉着爬犁上山拉烧柴。他们喜欢手拉着手在林间小路上游荡，采野花啊，折松树枝啊什么的。我们在林间戏耍时常常能看见他们的身影。他们见了我们喜欢"啊啊"地叫着打招呼，很友好。人们都说，大潘二潘这么好，干脆就让他们结婚算了。可他们的父母并没有那么做。他们形影不离的样子让那些常常会反目为仇的兄弟的家长非常羡慕，他们都说还不如生对大潘二潘那样的兄妹呢！前些年母亲对我说，大潘的消息她不知道，倒是二潘，她嫁了人，听说还生了一个大胖小子呢！

原载于《美文》2005 年第 2 期

第三辑

Part. 03

人 间 风 情 万 种

写给母亲

贾平凹

人活着的时候，只是事情多，不计较白天和黑夜，人一旦死了日子就堆起来；算一算，再有二十天，我妈就三周年了。

三年里，我一直有个奇怪的想法，就是觉得我妈没有死，而且还觉得我妈自己也不以为她就死了。常说人死如睡，可睡的人是知道要睡去，睡在了床上，却并不知道在什么时候睡着的呀。我妈跟我在西安生活了十四年，大病后医生认定她的各个器官已在衰竭，我才送她回棣花老家维持治疗。每日在老家挂上液体了，她也清楚每一瓶液体完了，儿女们会换上另一瓶液体的，所以便放心地闭了眼躺着。到了第三天的晚上，她闭着的眼再没有睁开，但她肯定还是认为她在挂着液体，没有意识到从此不再醒来，因为她躺下时还让我妹把给她擦脸的毛巾洗一洗，梳子放在了枕边，系在裤带上的钥匙没有解，也没有交代任何后事啊。

三年以前我每打喷嚏，总要说一句：这是谁想我呀？我妈爱说笑，就接着说：谁想哩，妈想哩！这三年里，我的喷嚏尤其多，往往错过吃饭时间，熬夜太久，就要打喷嚏，喷嚏一打，便想到我妈了，认定是我妈还在牵挂我哩。我妈在牵挂着我，她并不以为她已经死了，我更是觉得我妈还在，尤其我一个人静静地待在家里，这种感觉就十分强烈。我常在写作时，突然能听到我妈在叫我，叫得很真切，一听到叫声我便习惯地朝右边扭过头去。从前我妈坐在右边那个房间的床头上，我一伏案写作，她就不再走动，也不出声，却要一眼一眼看着我，看得时间久了，她要叫我一声，然后说：世上的字你能写完吗，出去转转么。现在，每听到我妈叫我，我就放下笔走进那个房间，心想我妈从棣花来西安了？当然房间里什么也没有，我却要立上半天，自言自语我妈是来了又出门去街上给我买我爱吃的青辣子和萝卜了，或许，她在逗我，故意藏到挂在墙上的她那张照片里，我便给照片前的香炉里上香，要说上一句：我不累。

整整三年了，我给别人写过十多篇文章，却始终没给我妈写过一个字，因为所有的母亲，儿女们都认为是伟大又善良，我不愿意重复这些词语。我妈是一位普通的妇女，缠过脚，没有文化，户籍还在乡下，但我妈对于我是那样的重要。已经很长时间了，虽然再不为她的病而提心吊胆了，可我出远门，再没有人啰啰唆唆地叮咛着这样叮咛着那样，我有了好吃的好喝的，也不知道该送给谁去。

在西安的家里，我妈住过的那个房间，我没有动一件家具，一切摆设还原模原样，而我再没有看见过我妈的身影，我一次又一次难受着给自己说，我妈没有死，她是住回乡下老家了。今年的夏天太湿太热，每晚被湿热醒来，恍惚里还想着该给我妈的房间换个新空调了，待清醒过来，又宽慰着我妈在乡下的新住处里，应该是清凉的吧。

三周年的日子一天天临近，乡下的风俗是要办一场仪式的，我准备着香烛花果，回一趟棣花了。但一回棣花，就要去坟上，现实告诉着我妈是死了，我在地上，她在地下，阴阳两隔，母子再也难以相见，顿时热泪肆流，长声哭泣啊。

原载于《美文》2010 年第 10 期

让母亲站起来

陈　彦

　　一个人是靠脊梁支撑着，母亲的脊梁却在新千年到来不久，彻底垮塌了下来。一个人的生理脊梁垮塌了，这几乎是令人难以置信的，但母亲的脊梁是真的垮了塌了。当家兄打电话来告诉我时，母亲已瘫痪好几天了。他在电话里说："妈的腰这回是彻底不行了，卧在床上动都不能动，并且痛得受不了，还拒绝治疗。所有的亲戚朋友几乎都来劝说动员过，但她连到医院去检查一下都不配合。她说她已经让这个腰折磨够了，再不想活了，要我们抓紧准备后事，她在床上再躺一段时间，让我们再尽尽孝道……她就'走'了……"兄长说得泣不成声，我放下电话，就急忙离开西安，踏上了茫茫的陕南山道。

十年沉疴

　　母亲患的是脊椎结核，已经十几年了。十几年前她就老喊腰痛，但一直以为是劳伤，只请人按摩了按摩，吃了些中草药，稍有缓解，就不了了之了。

那时她住在商洛山中一个叫柴家坪的小镇上，父亲已经去世，兄长在县城工作，我在西安上班，一家三口人，分了三处住着，很少能照顾上她。兄长和我曾多次要求把她接到县上或西安居住，但她都拒绝了。

理由是：一来父亲刚去世，她想在新坟边住上几年，我们非常理解那种感情撕裂的痛苦和由此生发的守望之情；二来她当时开了一个小商店，月月略有些收入。她说她才四十多岁，还能动着，等将来老了，手脚不灵便了，再到我们身边不迟。母亲是个很认真的人，她一旦决定的事，那是谁也无法改变的，我们只好依着她。腰疾也便在那种情况下一天天加重了。

有一次我从西安回小镇看她，她就躺在床上，连吃饭都是几位好心的邻居端来拿去，腰上是请一位"土医生"在一副副贴着草药，仍是当"腰肌劳损"治着。病成这样，从不给我和兄长捎个口信，我埋怨她，她只淡淡地说："老毛病了，有啥大惊小怪的。你们都那么忙，我这病，睡几天就会好些的。"任我怎么做工作，她还是不同意离开小镇。我在她身边待了一个礼拜，最后她硬是强撑着站起来，把我送走了。

在小镇的车站，她用双手撑着腰给我说："别老请假往回跑，好好在外面干你们的事，我实在动不得了就会给你们说的。"

望着她发颤的双腿和猴着的腰身，在汽车开动的一刹那间，我的眼前一阵模糊。这曾经是一副多么挺拔的身板哪，在她二三十岁当教师的时候，每到学校或当时的公社、区上搞业余调演活动，她都曾是最活跃的演员之一。仅十几年，母亲不仅从讲坛上病退下来、健康的人生风采不再，且双鬓已完全花白，而此时她才年仅四十八岁！

大概也正是这个年龄，使她永远也不相信，疾病是会把她彻底打倒的。因此，每倒下一次，她都会在休息几天后，又强打精神站起来。为了哄瞒住我和兄长，我们每次回去探望她时，她都会硬撑着挺起腰肢，又是玩笑，又是给我们做好吃的，直到把我们哄走，她才又倒下暗自呻吟。一些到县城办事的熟人，每每问她要给儿子捎啥话不，她总是反复叮咛："就说我好着哩，千万别说我病着。"其实有时，她就是躺在床上说这些话的。后来兄长还是知道了这事，有一次干脆直接叫了辆卡车，回到小镇连商量都不跟她商量，就直接连人带家，一起强行搬进县城，与兄长住在一起了。

进县城休养一段时间，腰部渐渐好些，母亲就急着要找点事做。那时我女儿刚出生不久，我独自一人在西安工作，家还在县上，母亲说让她带带孩子，为我们减省掉雇保姆的开支。说实话，我觉得很不好意思，但还是这样做了。其实那时母亲的腰部仍痛得很厉害，她是硬撑着把她的小孙女背来抱去的。有时蹲下去，半天站不起来，而要站起来，是要咬着牙骨的。直到那时，我们还一直相信"劳伤"说，每每按她的要求，给她弄些抗劳止痛药，持续麻痹着其实是结核在作祟的腰脊。我们也多次要求她到医院检查，但她总坚持说病情是清楚的，没有必要花"冤枉钱"。今天看来，这件事作为儿子，我们是有不可推卸的责任的。母亲抚养大了我们，又用她病残的身子抚养我们的儿女，这将是我们一生都无法排解的悔恨。

当女儿能满地乱跑后，母亲又要求兄长为她再找点活干。兄长看她一日都闲不住，闲着就蛮发脾气，只好又开了一个门面，让她主持经营。谁知她事无巨细，当老板连伙计的活都干了，气得兄长几次要关门，她好说歹说，门面才保留下来。但很快她的腰疾就把她彻底扳倒了。这次兄长再也不听她自己"久病成医"的"诊断"，直接把她抬进县医院，进行了全面检查。为进一步确诊，甚至还拉到百里外的另一家骨科医院进行复诊和CT切片鉴定，结果让人大吃一惊：病变使腰椎二、三、四椎体变形，变形椎体使椎管狭窄，已严重压迫神经，并导致下肢部分失去知觉，建议进一步做病理鉴定，确定是结核或骨瘤。

兄长双腿哗哗颤抖着，拿了一沓光片和鉴定报告直奔西安一家大医院，我和他径直找到在这儿进修的伯叔兄长陈训，通过他又再找到这里最权威的骨科教授。鉴定结果倒是排除了肿瘤的可能，但认为结核病变已相当严重，必须立即实施手术。这样，母亲便经历了人生"刮骨疗毒"的第一刀。

这次手术让母亲备受煎熬，仅只做掉了部分压迫脊髓的死骨，就让母亲躺倒床上半年多难以下地。后来勉强摇摇晃晃地下了地，才一年多又再次瘫卧床上，生活自理能力不再。这期间，我每每回家探望，都在她病痛难忍之时，母亲是完全失去了一个健康人的基本生活形态，站不能直，坐不能端，卧不能蜷，可以说仅仅只是一条活着的生命。这次又彻底躺倒，早在我们预料之中，但没有想到会这么快。一个人的生命真是太脆弱了，尽管母亲那么坚强，那么有韧性，但她还是没有抗拒得了疾病的反复侵蚀折磨，终于从肉体到精神都完全缴械投降了。我匆匆赶回家时，她开口给我说的第一句话是："这恐怕是……我们母子……最后一面了……"我的泪水哗哗地涌了出来，母亲的泪却早已流干了……

艰难说服

母亲已经完全心灰意冷，任我们如何规劝，甚至胁迫，仍拒不治疗，拒不检查，甚或以死相挟，断然拒绝一切说服工作。我每每往床边一坐，她就说："想跟妈妈拉家常了，你就坐下，想劝妈再进医院了，你就出去。这个冤枉钱不能再花了，妈也确实受不了了。与其让妈再受那种比死强不了多少的怪罪，还不如让妈再在床上好好躺几个月。妈的身体已经跟游丝差不多了，稍动一下可能就断了。你们体会不来，妈心里最清楚，花啥钱都是多余的……"

我不知多少次近距离端详过自己的母亲，然而，从来没有这一次这样让人伤感，母亲是真的被病痛折磨得命如游丝了。当我拉住她的手时，几乎已经很难感觉到生命的律动。她想用力握握我的手心，那力量却只能让我感到一种细浪的轻抚和棉絮的缠绕。她的脸颊在慢慢脱水、变形；眼眶也点点凹陷；本来花白的头发，已全然银白，完全不是一个五十八岁人的精神生命状态。当我用药酒给她擦拭因脊髓受压引起的病变膝关节时，我才深切地感受到母亲十几年如一日的艰难负重；当我用药酒给她揉搓疼痛的脊背，面对第一次手术的创面和那已明显凹凸不平的畸形脊柱时，我的眼泪再次啪嗒啪嗒滴了下来。就是这个脊梁，撑持大了我们，又撑持大了她的孙儿孙女；就是这个脊梁，在她疾病缠身的时候，仍为我们创造着本不该再去创造的各种财富。我们没有任何理由让这个脊梁垮塌下去，即使只有百分之一的希望，我们也必须义无反顾地去争取、改变。而这种决心，兄长比我更坚定百倍。

我们仅兄弟俩，兄长一直离母亲更近。父亲去世后，十几年来，其实兄长一直担当着这个家庭某些父亲的责任。他在县上商业部门任一个大公司的总经理，本身公务极其繁忙，加之身体又不好，每天实是在超负荷地运转。特别是在对待母亲上，可以说是一个忍辱负重、百依百顺的孝子。我一直在很远的地方工作，母亲小病小痒的，我们即使通电话，他也从不提起，只是到了实在迈不过的大坎时，才让我回来一下，商量些办法，而具体实施，又全都落在了他那副宽厚的肩膀上。

当我回来做了一天工作毫无结果时，这晚我和兄长静静坐了半夜。两包烟都抽完了，仍拿不出新的方案。因为这事不能勉强，母亲如果不配合，强行往医院拉，搞不好会使她的腰部受到更大挫伤。在我回来前几天，兄长曾试图拉过，救护车都叫到楼下了，谁知母亲从床上翻下来，跪在地上反锁了自己的房门，差点没闹出大事来。兄长说：“再不敢硬来了。”望着兄长憔悴的面颊和肿胀得穿不进鞋的双脚，我只能在心里默默祈祷：这根顶梁柱可千万不敢累垮了呀！

这天后半夜，我刚迷迷糊糊睡着，突然听到从母亲房里传来硬物击地的笃笃声。我急忙爬起来去看，发现母亲手拄竹棍，正在保姆的搀扶下，弓着快九十度的腰，一步步艰难地向外挪动。我问她干什么，她说上厕所。我说都这样了，咋不在床上方便，母亲说："等实在病成瘫子……挪不动了，我就会在床上害你们的……"这就是母亲，一个永远追求自食其力而不愿给任何人添麻烦的人。上一趟厕所，在一套一百多平方米的单元房内，来回整整走了四十多分钟。这四十多分钟，几乎走碎了儿子的心。我在暗暗咬着牙骨：不提高母亲的生活质量，我们确实不配做人。

第二天，我们继续轮番做工作。专程从西安赶来看望母亲的画家朋友马河声，听说工作咋都做不通，有些不相信地说："哪有这样的怪事，放在有些家庭，老人想治病，儿女不孝，还不给治哩。让我去试试，我就不信，还有兵临城下了不缴械投降的。"他兴致勃勃进去，谁知半小时后摇头叹气地出来："真固执，我连死人都能说活哩，没想到咱姨是铁板一块，水火不进。连我这张嘴都说不转她，恐怕也再难另请到高明了。"

商量来商量去，最后是伯叔兄长陈训做了决断："打一针大剂量安定，等她睡迷糊后抬上走！"伯叔兄长是医生，又是县医院副院长，我们便一切听他的安排。很快，母亲便在"止痛针"的欺骗中，呼哧打鼾睡着了。我们把她一溜烟抬下楼，送上救护车，运进了县医院，等她醒来时，一切检查都结束了。尽管她觉得受了愚弄，但面对儿子的孝心，也不好再说什么，只是仍然坚持："不管咋，我是不会二次上手术台的。"

这时我们也不想再跟她商量什么，只是急切地等待着所有检验报告和CT片。一场艰难的说服工作，最终并没有将她说服，但在无奈的欺哄中，我们总算还是拿到了最重要的病理依据。

我连夜回西安了。

二次手术

所有会诊结果，都令人十分沮丧。连非常像样的大医院的大专家，都判定已错失手术良机，爱莫能助。我抱着一线希望，来回穿梭于一些医疗机构的楼上楼下，双腿如灌铅一般沉重。当听到一声声冷酷的判决，心情更是重于坠石。终于，托家乡在西安进修的陈继平和叶明冬大夫的福，在解放军第四军医大学西京医院，找到了一位著名的骨科教授，看完片子后说还有手术指征。我接到这个电话时，双手抖动得连红红的烟头都掉在了裤子上。第二天一早，我就急急忙忙去了西京医院。

这位教授名叫王臻，四十出头，但却已是军内骨科权威。现任西京医院骨科副主任，硕士研究生导师。他曾成功参与完成过世界首例"十指断指再植"全部成活手术，在国内外具有一定影响。当我被叶明冬大夫领进他办公室时，首先，我被他诗人一般的激情和饱满的精神状态所吸引，这是一个完全出乎我意料的医学权威形象，他不仅年轻，身材高大挺拔，而且浑身灵动，充满了似乎是医学以外的睿智与豪情。当知道我是搞写作的，我们很快便从莎士比亚谈到海明威，再谈到画家毕加索、莫奈，又谈到路遥、贾平凹，直到进入正题，话语才显得沉重起来。他一边调着电脑里的资料，一边对着我母亲的腰椎CT片说："老人的腰椎确实破坏得很厉害，二椎已完全销蚀得不留痕迹；三椎也已基本破坏，存在部分全是病灶和死骨；四椎也有不同损伤；腰段脊椎呈位突畸形；结核组织已使侵犯椎管深度压迫脊髓。这么严重的腰椎结核病变，我见到的还是第一例。现在必须进行腰椎置换术，就是把死骨全部清除，换上人工椎体，不然你母亲可能从此就彻底瘫痪了。"

"换了人工椎体，能让她站起来吗？"我急切地问。

教授几乎不假思索地说："可以，只要手术不出意外，老人以后的生活是可以自理的。就是手术材料相当昂贵，像这么严重的病情，恐怕得用世界最先进的，不然将来再造成内固定断裂，人工椎体脱落，麻烦就更大了。"

我当时干脆就没有问价钱，心想只要能让母亲站起来，即使倾家荡产，也在所不惜了。我很快将情况通报给兄长，兄长跟我是完全一样的心情：只要手术能做，即使负债，也得先把母亲从生命的煎熬中解救出来。后来因为准备款项的需要，我从侧面打听了一下，数字确实惊人，对于工薪阶层的兄长与我，意味着每人要拿出四五年不吃不喝的全部工资。这个消息无论如何都不能让母亲知道。她一旦知道，手术是绝对无法实施的。因为我们各自为买房所受的煎熬，她都一清二楚，如果再知晓了这次手术所需的惊人数额，兴许她会做出异常极端的事来。

一切都在有条不紊地运作、铺排着。兄长在那边继续做母亲的工作。亲戚朋友们也持续进行着"车轮战"。大伙说："你就是不为你想，也该为两个儿子想想，你病成这样，他们要是不给你治，不说他们自己心里过得去过不去，社会上会怎么议论这个问题？他们在外面都有很多事要做，你的病一天比一天重，缠绕得他们啥都干不成，你这倒是为了儿子还是害了儿子？"终于，母亲看"胳膊拧不过大腿"，更是看着兄长和我为此奔波忙碌得可怜，到底还是放弃了自己的意见，最后，她不无戏谑地对兄长说："你们实在要动刀杀老娘了，那就朝手术台上抬吧！"

手术选在镇安县医院做，这是母亲一再要求的。一来在家门口，二来人都熟。加之镇安县医院的骨科技术在全省县级医院中处于领先水平，因此王臻教授同意赴镇安担任主刀，县医院院长、骨科专家马彦绍和其他几位骨科骨干担任助手。很快，母亲的第二次手术，便在个多月的艰难准备中，进入了最后的实施阶段。

手术那天，母亲的精神状态非常令教授满意，一向痛苦不堪的她，那天显得特别平静，甚至谈笑风生。她不停地对我们说："妈是一颗红心，两手打算。活着抬出来了，就好好活；死了拖出来了，你们也算是尽了孝心。"兄长颤抖着双手，在签完了"手术可能导致病人死亡"或各种后遗症的"生死契约"后，我们一一与母亲捏了捏手。随后，母亲便被几位穿白大褂的人送进了手术室，时间是早晨八点半。紧接着，一场比炮火硝烟战斗更让人惊心动魄的手术便开始了。

我和兄长是坐在手术室旁麻醉师的办公室里，虽然这里禁止吸烟，但熟悉的麻醉师还是让我们一根接一根地吸着。而在手术室外的过道上，亲戚朋友已将走廊围得水泄不通。这是一个特大手术，在镇安县医院的历史上尚属首次，在全省据说也不多见。教授要求录下手术全过程，因此，县电视台的工作人员也在里外奔忙着。伯叔兄长陈训因在医院工作，也便干脆穿上白大褂进了手术室。是他来回传递着信息，一会儿告诉我们，麻醉已经结束；一会儿又通报说，切口基本拉开，是从腹部动刀，直拉到背部，伤口有一尺多长；我们都紧紧咬着牙关，不敢想象那种惨景，好在母亲在麻醉中是人事不知的。手术前后进行了七八个小时，我们就那样吸着烟，一直静静等待着里面的消息。几十位亲戚朋友，自始至终围绕在手术室附近，有了这些精神与道义上的支撑，我和兄长也便在极度不安中有了一份慰藉与平静。术前王教授曾讲，这个手术最大的危险在于害怕撞破脊椎动脉血管，一旦撞破，病人很可能就会死在手术台上。因此，每当护士出来要血时，我们便会冒出一身冷汗来。好在手术终于在下午三点多顺利结束了，当王教授笑吟吟从手术室走出来时，我们当即百感交集地迎了上去。

王教授说："手术进行得很彻底，把里面的死骨和脓肿全部清除了。你母亲是一个非常顽强的人，骨头已经被结核侵蚀成蜂窝状了，用一个形象的比喻，腰部整个成了'豆腐渣工程'，能坚持到今天是个奇迹。这下你们放心好了，手术用进口钛金椎体连接住了完全取掉的二、三腰椎，她会跟正常人一样站起来的。"

我和兄长的喉头都无比激动地哽咽着，什么话也说不出来。很快，母亲是活着被从手术室里推出来了……

蓝天微笑

母亲在有惊无险地经历了七十二小时危险期后，终于慢慢露出了笑意。她开口说的第一句话是："妈这个老废物……怎么还没死呀！"我笑着说："教授说了，从理论上讲，这次给你换的人工钛金椎体，在体内至少能使用一百二十年。"母亲说："那我还不活成老精怪了？"

说实话，我们不指望母亲能再活120岁，只期待她在有限的生命中，活出一个人应有的结实身板，活出最起码的生活质量。母亲一生为我们辛苦操劳，即使在重病期间，仍追求自食其力的生存原则，这让我们感受到了一种在书本上永远也感受不到的精神引领和意志提升作用。母亲是我们生命的来源，母亲是我们生命的钙质，母亲更是我们精神的蓝天。不敢想象，在没有母亲的日子里，我们取得的任何成就，还有谁能发出如此由衷的赞叹和会心的微笑；不敢想象，在没有母亲的日子里，我们遭遇了风吹雨打，雷劈电击，还有谁能像母亲那样无私地接纳、呵护、抚慰、安帖；母亲是儿子永远的根基，只要这个根基在，无论走到哪里，我们脚下都不会产生虚飘空洞感；母亲是儿子永远的蓝天，只要这蓝天在，无论飘到哪里，我们都会感到有一把无形的伞，在随时遮挡着无常的风雨。母亲是一个人，但她更是一棵树，一眼泉，一架桥，一个巢，一座温馨的老房子，当我们远离时，是孤独寂寞地存在着；一旦当我们走近，便感到了无与伦比的亲切、祥和、静谧与安宁，这种任何感情都无法替代的感觉，是一种真正的人生归宿感。无论你能上天，能入地，唯有这种归宿是最安全的感觉。

母亲终于一天天好起来。有了兄嫂的真切呵护；有了小保姆的细心体贴；有了亲朋好友的诚挚关爱；我相信这片蓝天会越来越灿烂的。我该走了，儿子该远行了，我拉着她的手说："妈，我走哇，你的腰板这下是要彻底硬朗起来了！"

母亲说："你走吧，好好干你的事，只要你们的腰板硬朗着，妈的腰即使断了，感觉也永远是硬朗的……"

原载于《美文》2001 年第 15 期

二十年前的女性

苏　童

　　对于女性的印象和感觉，年复一年地发生着变化。世界上基本只有两类性别的人，女性作为其中之一，当然也符合事物发展变化的基本规律，因此一切都是符合科学原理和我个人的推测的。

　　二十年前我作为男童看身边的女人，至今还有清晰的记忆。恰逢二十世纪七十年代的动荡社会，我的听觉中常常出现一个清脆又洪亮的女人的高呼声，×××万岁，打倒×××，那是街头上高音喇叭里传来的群众大会的现场录音，或者是我在附近工厂会场的亲耳所闻。女性有一种得天独厚的嗓音，特别适宜于会场上领呼口号的角色，这是当时一个很顽固的印象。

　　70年代的女性穿着蓝、灰、军绿色或者小碎花的上衣，穿着蓝、灰、军绿色或者黑色的裁剪肥大的裤子。夏天也有人穿裙子，只有学龄女孩穿花裙子，成年妇女的裙子则是蓝、灰、黑色的，裙子上小心翼翼地打了褶，最时髦的追求美的姑娘会穿白裙子，质地是白"的确良"的，因为布料的原因，有时隐约可见裙子里侧的内裤颜色。这种白裙引来老年妇女和男性的侧目而视，在我们那条街上，穿白裙的姑娘往往被视为"不学好"的浪女。

女孩子过了十八岁大多到乡下插队锻炼去了，街上来回走动的大多是已婚的中年妇女，她们拎着篮子去菜场排队买豆腐或青菜，我那时所见最多的女性就是那些拎着菜篮的边走边大声聊天的中年妇女。还有少数几个留城的年轻姑娘，我不知道谁比谁美丽，我也根本不懂得女性是人类一个美丽的性别。

我记得有一个五十岁左右的苍白而干瘦的女人，梳着古怪的发髻，每天脖子上挂着一块铁牌从街上走过，铁牌上写着"反革命资本家"几个黑字，我听说那女人其实是某个资本家的小老婆。令我奇怪的是她在那样的环境里仍然保持着爱美之心，她的发髻显得独特而仪态万方。这种发型引起了别人的愤慨，后来就有人把她的头发剪成了男人的阴阳头。显示着罪孽的阴阳头在街头上随处可见，那个剃了阴阳头的女人反而不再令人吃惊。那时候的女孩子择偶对象最理想的就是军人，只有最漂亮的女孩子才能做军人的妻子，退而求其次的一般也喜欢退伍军人。似乎女孩子和她们的父母都崇尚那种庄严的绿军装、红领章，假如街上的哪个女孩被挑选当了女兵，她的女伴大多会又羡又妒得直掉眼泪。

没有哪个女孩愿意与地、富、反、坏、右的儿子结姻，所以后者的婚配对象除却同病相怜者就是一些自身条件很差的女孩子。多少年以后那些嫁与"狗崽子"的女孩恰恰得到了另外的补偿，拨乱反正和落实政策给他们带来了经济和住房以及其他方面的好处。多少年以后她们已步入中年，回忆往事大多有苦尽甘来的感叹。

有些女孩插队下乡后与农村的小伙子结为伴侣，类似的婚事在当时常常登载在报纸上，作为一种革命风气的提倡。那样的城市女孩子被人视为新时代女性的楷模。她们的照片几乎如出一辙：站在农村的稻田里，短发、戴草帽、赤脚，手握一把稻穗，草帽上隐约可见"广阔天地，大有作为"的一圈红字。

浪漫的恋爱和隐秘的偷情在那个年代也是有的，女孩子有时坐在男友的自行车后座上，羞羞答答穿过街坊邻居的视线。这样的傍晚时分女孩需要格外小心，他们或者会到免费开放的公园里去，假如女孩无法抵御男友的青春冲动，假如他们躲在树丛后面接吻，极有可能遭到联防人员的突袭，最终被双双带进某个办公室里接受盘问或者羞辱。敢于在公园谈恋爱的女孩有时不免陷入种种窘境之中。

而偷情的女性有着前景黯淡的厄运，就像霍桑《红字》里的女主角，她将背负一个沉重的红字，不是在面颊上，而是在心灵深处。没有人同情这样的女性，没有人对奸情后面的动因和内涵感兴趣，人们鄙视痛恨这一类女人，即使是七八岁的小孩。我记得我上小学时有两个女同学吵架，其中一个以冷酷而成熟的语气对另一个说，你妈妈跟人轧姘头，你妈妈是个不要脸的贱货！另一个以牙还牙地回敬说，你妈妈才跟人轧姘头呢，让人抓住了，我亲眼看见的。

为什么没有人去指责或捏造父亲的通奸事实？对于孩子们来

说这很奇怪。如此看来人类社会不管处于什么阶段，不管是在老人眼里还是孩子眼里，人们最易于挑剔女性这个性别，人们对女性的道德要求较之于男性高得多。

前几年读波伏娃的《女性：第二性》，很认同她书中精髓的观点，在我的印象中，女性亦是一种被动的受委屈的性别，说来荒诞的是，这个印象是七十年代我年幼无知时形成的，至今想来没有太多的道理。因为那毕竟是不正常的年代。

如今的女性与七十年代的女性不可同日而语，相信每一个男性对此都有深刻的认识，不必细细赘述。我要说的是前不久在电视里观看南京小姐评选活动时我的感慨，屏幕上的女孩子可谓群芳斗艳，流光溢彩，二十年沧桑，还女性以美丽的性别面目，男人们都说，惊鸿一瞥。而我在为七十年代曾经美丽的女孩惋惜，她们是否在为自己生不逢时哀叹不已呢？如今她们都是中年妇女了，她们现在都在哪里呢？

原载于《美文》1993 年第 6 期

饺子，饺子

阿 莹

我爱吃母亲包的饺子。

几乎每个周末，妻子都要问我什么时候去东郊，那古城东郊的韩森寨住着我的高堂父母。我便会不经意地问一句："知道老妈做啥饭？"妻子便睐我淡然一笑："饺子呗。"那一声"呗"把我们一家人对饺子的感情表达得淋漓尽致。

母亲爱包饺子，我从懂事起就喜欢吃母亲包的饺子了，那时候，吃饺子还是一家人过年时最憧憬的奢望。记得每到大年三十，太阳刚刚偏西，渭北高原上那个被土围子包裹着的村落就陷入了浓浓的节庆之中，似乎所有在外忙碌的人都赶回来了，家境宽裕的孩子换了新的衣裳招摇过巷，家境清贫的孩子也都把头剃得油光，远远见面就会乐呵呵地打个招呼，彼此也不说什么就神神秘秘地跑回家去了，即使兜里有几枚铜钱，想出去玩耍，也不敢远离村郭高墙，其实就是在等待一个时刻的到来，那就是吃饺子啊！有趣的是村里人把饺子称为"疙瘩"，我至今也不知道这里包含有什么传说的典故。人们见面会乐呵呵地问起"吃啥疙瘩？""肉疙瘩嘛。"其实家里并没有多少"肉疙瘩"。母亲会割一条红白相间的肋条肉，剁成肉馅，里边掺进大葱韭菜，或白菜萝卜，或茴香芹菜，还有碾得细细的佐料。这种肉疙瘩是过年的食物之最，大部分盛进长辈人碗里了。而且也不知从什么时候兴起的风俗，那每锅饺子里会有一二只包了一分硬币的饺子，谁吃到嘴里，谁就是当年最幸运的人了。母亲那时会悄悄地把我拉到厨房，在我的碗里用竹笊篱捞几个"肉疙瘩"倒进我碗里，我端着碗便在院里哪个角落狼吞虎咽起来，一不小心被几位小叔看见，便也会引来不公的埋怨，因为他们碗里多是"豆腐疙瘩"。其实那豆腐疙瘩是很好吃的，馅里拌有油渣、粉条、生姜和萝卜白菜，咬一口豆香满嘴，似乎到了下顿饭嘴里还残留有那种绵绵香香的味道。于是我们便达成了"协议"，我拨他们三个豆腐疙瘩，他们从我碗里夹两个肉疙瘩。但有人时常会从那肉疙瘩里咬到硬币来，只听"咯嘣"一声，便兴奋地高叫起来，我为此懊悔得直淌眼泪，谁让我馋那豆腐饺子呢？母亲知道了便直戳我的额头，真是个傻娃啊！

可能就是因了这个缘故，我在那品种繁多的饺子里，最偏爱豆腐饺子了，直到今天，我都对豆腐馅的饺子情有独钟，有时候在外出差回来为解嘴馋，身处异地就打电话"预约"，回到城里端起母亲包的饺子头也不抬，话也顾不得多说，只是香滋滋地大嚼一通直吃个肚圆。

平时家里是难吃到肉饺子的，但母亲会想方设法给我们做饺子吃，实在买不到肉了，母亲想办法也要给饺子里放点油水。常常是把猪油渣与白菜芹菜等掺和了，作为饺子馅吃，那种饺子我们扔进嘴里香口四溢，嚼得满嘴生津，满头大汗。我们一喊香、香，母亲就拍拍围裙，眯着眼笑了，而且下一个周末又是一顿饺子。有一次乡下叔叔来了，还拎来了一小口袋白面。可厨房里没有什么菜，不是巧妇难为无米之炊吗？然而晚上小饭桌上又是饺子招待。我端起碗，那面皮特别白，是磨的头茬面，饺子从锅里捞出来白得泛青，白得透明，咬一口，馅却是硬的。我不敢咽，含在嘴里问母亲，饺子什么馅啊？母亲说你吃吧，核桃馅的。原来那嫩核桃也能作馅啊，里边掺有豆腐、油渣，全家人端着碗吃得那个香啊，也都夸母亲巧，母亲便摩挲着手笑了。常常吃到最后，饺子没有了，母亲就把剩下的饺子皮擀开来，下到锅里，拌上红红的辣子和醋，就坐在厨房的灶台边吃起来。有时我拉母亲到屋里去吃，母亲还没搭话，叔叔们便玩笑般喊闹起来，城里娃就是疼他妈哟。

我已想不起从什么时候起饺子对我们的吸引力大大减小了，平日里宾朋往来，觥筹交错，应酬繁多，可人们已不把那饺子视为菜肴中的精品了。曾经有过一家饭店开发了一种饺子宴，当时真是风靡一时，报纸电台赞不绝口。然而曾几何时，好像在我们所吃的餐宴中，饺子已快从人们的视线里消失了。如果有谁宴请亲朋纯是一碗碗的饺子，一定会引来令人难堪的嘲笑，吃饺子几乎演变成了一种吝啬的代名词。

但是母亲依然固守着对饺子的嗜好，依然每周都要包饺子吃的，而且一到周末，母亲就会打电话告诉我提前回家来包饺子。而我们回家去吃那饺子，已经不是因为一碗羊肉、猪肉或豆腐饺子有多大诱惑力，而是对年迈父母的孝道，况且吃饺子，要调馅，要擀皮，还要包，工序复杂啊。我一半是怜悯，一半是想换个口味，一进家门就给母亲建议，换个味道吧，吃米饭，蒸馒头，炒点菜。母亲不吭声只皱眉看我一眼说："我现在老得就想不起来做啥好了，你看面都和好了，下礼拜吃米饭吧。"但是下一个周末又是饺子，只是饺子皮里边的馅会有些变化，如果上次是韭菜大肉的，这会就成了芹菜羊肉的，我们也只好作罢。但儿子不愿意了，时常嘟囔说"又是饺子"。我们哄儿子，奶奶包的饺子不能说不好吃。为了取悦于母亲，我对儿子约法三章，不允许在奶奶面前说饺子不好吃，不允许把碗里的饺子剩下，不允许在吃饺子时要别的食物。

然而，我们的约束对儿子不起作用，几乎每次回家，儿子都要闹些让我们不愉快的事。常常是一出家门，我就和儿子在楼外高高低低地吵将起来，到了深夜心情也舒缓不过来。可是儿子对付我们的办法层出不穷，干脆每次回家吃饭，碗还没端就说吃过了，引得一屋人怏怏不乐。于是我一边低声哄儿子，说那饺子悠久的历史，饺子丰厚的营养，饺子伟大的内容，一边劝母亲不要老包饺子了，也想法换个花样让儿孙们也有个期盼。然而母亲听了惨然一笑，便不吭声了。我再说，她便嘟囔一句："你们想吃什么，你们自己回来做嘛。"

于是，我告诉妻子下次回家我们就做米饭炒菜吧，妻子隐而不语似信非信。我又打电话告诉母亲，老人家在电话里也没反对，我以为下次周末回家肯定是顿美味而丰盛的菜馔，便提前告诉儿子不准到时"逃吃"，不准"吃过了"。

可是，当我满怀"信心"提了一大包在超市买的蔬菜和一件衬衣，携妻带儿迈进家门时，想不到母亲像什么"事"也没发生，厨房内外又充盈着饺子馅的香气，而且母亲已做好了包饺子的所有准备，不但把包饺子的面和好了，还把饺子馅拌好了，而且客厅中央像过年一样利用茶几上支起一个面案，上边放着一碗面，面案一圈摆了五只小板凳，显然是在等待着我们一家三口回来包饺子呢。尽管妻子拿出给母亲的新衬衣想炫耀一下她的眼光，母亲还是没表示出一点额外的兴趣，只淡淡一笑，先在面案旁坐下了。我与妻面面相觑，儿子朝我斜睨一眼满含嘲意，我不好再说什么，强装笑颜坐到母亲旁边，又坚决地示意儿子赶快坐下来擀饺子皮。

母亲也许是看出了我们的不快，招呼大家都围坐在面案旁边，一家人擀皮的擀皮，包馅的包馅，忙忙碌碌的却没多少说笑。妻子一定是知道我的尴尬的，她告诉母亲那件衬衣是在民生商厦买的，是时下最时髦的彩色棉，那绒绒的鹅黄色是棉花本身的颜色，可不是染上去的。母亲听了惊讶地把那衬衣放到眼前看了又看，从那嘴角的笑纹里能看出母亲将信将疑。父亲则说现在有些东西说得好，实际上没那么玄乎，早晨母亲在门外早市提篮买菜，就遇一位少妇样儿的"可怜"人，说是有几块金币为救女儿等待兑换，母亲刚一搭话就被粘上了，显然是设下的一个拙劣的骗局，却费了不少工夫才得以摆脱呢。母亲淡淡地说那还是为了包饺子，要能吃到味道鲜美的饺子，必须买到最鲜最嫩的韭黄，去晚了就买不到了。母亲说这饺子要好吃，不但要把菜选好，还要把肉与菜的比例调好，调馅过程还要特别讲究，必须一边剁肉，一边往里边掺鸡汤，这样的饺子馅才香。母亲忽然问我是不是，我在专心擀面皮，眼睛都盯着手上的面皮了，闻声抬头望母亲一眼，但见母亲的眼睛正朝着这边盯着她的儿子。噢，母亲的脸松弛了，脖子也松弛了，已经涌满了粗粗细细的皱纹，脸颊还冒出了许多星星点点的黑斑，特别是母亲那原本清澈乌亮的眼睛也忽然变得不认识了。我不禁一怔，好像是第一次发现母亲是这个样子。我知道母亲已经老了，已经进入了耳顺之年，但那老都是老在身体上，可那天我发现母亲的眼睛也老了，眼仁变成了棕色，眼白已有些泛黄，模模糊糊的没有了反差，显得异常混浊。我心里不由一酸想说什么，却不知说什么是好，手下的面皮便擀得有的长，有的短，有的厚有的薄，母亲和妻子都叫起来：

"看你擀的面皮！怎么了？想什么呢？"

母亲这时显然看出了我们的情绪波动，说了句让我一辈子都无法忘记的话。她一边包一边似自言自语地说："你爸你妈老了，也不想吃啥了，饺子香不香，关键是心情。一家人围在一块儿多好啊，一边包一边说，非要吃什么米饭，准备一两天，吃完你们嘴一抹走了，连句多的话都没有。"我和妻都闻声愣住了。母亲叹一口气，眼窝似滚进了泪珠湿了："你们也有这一天呢。"

我抬头又看母亲，那混沌的眼睛似乎亮了许多，那眼窝里含着格外的爱怜和依恋。"吃饺子是吃心情"，天哪，我怎么就没想到呢？母亲心灵手巧什么菜不会做，何曾不想变个花样来款待她溺爱的儿孙？但母亲太珍惜这个阖家团圆的周末了，她渴望用这种方式营造一个其乐融融的气氛，来品味生活的乐趣和悲苦，虽然仅仅是一会儿，可这对母亲对父亲已经像节日一样重要和隆重了。

那天的饺子皮我擀得很慢很慢，一家人也包得很慢很慢，好像那面那馅能变出什么花样来，一个一个饺子又周正又美丽，犹如一个个的工艺品，围着那笼屉一圈一圈螺旋着向外扩展，看着那精细劲儿都不忍心下锅了。我没想到这小小的饺子居然承载了这样多的"味道"，融融的亲情更把这味道发挥到极致。那天的饺子，妻儿都说香，我却吃不出味道来。儿子问我："爸你咋了？"我抬头看见镜子里的一双眼睛涌满了泪花，便掩饰地说把辣子揉进眼睛了。

我已不记得那天的饺子是什么馅的了，但我高兴的是看见母亲吃得很香，父亲也吃得很香。

原载于《美文》2005 年第 8 期

父亲：我人生中的第一位老师

[埃及] 叶海亚

一

阿拉伯人有句名言说："世界上唯有父亲才愿意看到自己的孩子比自己好。"这句话在一定程度上凝聚了阿拉伯人对父子关系的了解。

在我们每个人的漫长的人生中会出现很多老师，每个老师会教我们不同的东西，不同时期出现的老师对我们的影响也是不同的。但毫无疑问，在我们人生中最早出现的老师是我们的父亲，对我们影响最深刻的老师还是父亲。父亲对自己孩子的严格，对自己的孩子的各种要求都是基于他希望自己孩子能够成为世界上最成功的、最优秀的和最幸福的人。同时，也希望在自己孩子身上能够实现自己过去因为种种原因没能够实现的梦想。

我十六岁时父亲离开了人世，在没有任何预兆下失去了他。关于十六岁这个年龄在生命中的重要性，我想大家都有个共同的认知，那就是由少年向青年的转折点。十六岁前确实可以说还不懂事，于是我刚开始懂事就已经和父亲永远告别了。虽然父亲已经离开了，但我还是要感谢我这个生命让我在不懂事的时候还有父亲在身边教育我、开导我。

父亲的离开给我留下的唯一遗憾，就是我长大了以后没来得及像他过去那样每次出去回来给他讲我的经历。也没有来得及在我做成一件很成功的或有意义的事儿后回去跟他分享。父亲没看到我上大学，读研，读博，这些在我心里还是留下了很大的遗憾。我记得我第一次翻译完一本书的时候特别开心，也收到很多身边的人的祝福，但总是觉得这种开心不圆满，总是缺什么，瞬间脑子里闪过一幅父亲的画面，那时候有点哭笑不得的感觉。

失去父亲就是失去依靠，失去人生中最大的支持者。但是，尽管我失去了他，失去了他这个精神和物质方面的支持，但我依然能利用他给我留下的教导，站在他给我留下的精神遗产的基础上向前冲，不断地发展。就如同西班牙诗人塞万提斯先生所说的：“父亲的德行是儿子最好的遗产。”所以，我要感谢我的父亲，我人生中第一位老师。

二

在“大男子主义”盛行的阿拉伯社会中，父亲很难在孩子初生的这段时间与他建立感情。这个时期的孩子完全属于母亲，孩子来自本能的需求只有母亲可以全部解决，而父亲更多时候则是手足无措地站在一旁，试着与孩子沟通，却得不到回应。因此，母亲成为孩子的抚育者，而父亲更像是之后参与进来的“外来者"，而在孩子认知外界和快速学习的童年，父亲随即才成为他的第一位老师。

凌晨三点，在一阵剧烈的牙痛中醒来，吃了片止痛药勉强缓解了下，我捂着嘴却突然想起了被我视作人生第一位老师的自己的父亲。

父亲的成长环境并不富裕，没上过大学，高中毕业后就直接参加工作。年轻时换过几份工作，最后当汽车司机，从小吃过很多苦。这既培养了他勤劳质朴的品格，又让他对自己有着近乎严苛的要求，为自己花钱，成为一种浪费。因此，我从小到大很少看到他去医院看病，即便是牙齿疼痛碎裂无法咀嚼，手被玻璃划伤血流不止，他也只是默默忍耐，用自己的方法解决。记得有一次吃饭的时候看他一直捂着嘴闷闷不乐，我还有些气愤地质问过他为什么不去看医生，但不知不觉间，我也成了和他一样的人。因为在每个孩子心中，不管父亲身上你喜欢的还是不喜欢的，都在潜移默化中对你产生了深刻的影响。父亲身上的一切的确对孩子的影响是最深的，就像父亲有记账的习惯，每天赚了多少钱，买了多少东西，添置了什么东西，都会密密麻麻记录在本子上，经年累月下来本子堆了厚厚的一摞。我也从小耳濡目染，养成了做事条理清楚的习惯，受用终身。

记事以后对父亲的第一个印象，是他对生活的热爱。记得父亲年轻时当卡车司机，开那种跨境卡车，于是他走过很多国家，经历过的事情也很多。出去一趟怎么也得十几天甚至几十天才回来，每次出去回来后会给我讲一些有趣的故事，也许是他经历过的事情，或是途中听别人说的事情。虽然那时生活并不富裕，物质很贫乏，父亲却总是能找到些有趣的事装点有些无聊的日子，从收集邮票，到手工制作的各种小物件。所谓"苦中作乐"，在他看来都不是难事。这些看似与生存无关的小爱好，向我们传递了很多积极的信息，让我和家人也都对生活充满了期待和乐观。

父亲是个沉默的人，所以在记事后对他最多的印象都停留在他的肢体上：清晨离去的背影，宽厚的手掌，还有抱起我时扎人的胡须。那个时代的工作并不像现在这么便捷，他的工作往往伴随着满负荷的艰苦劳动，所以大多数时候，下班回到家的父亲都是精疲力竭的状态，不太参与家务，而是把精力都用在自己的兴趣上，我就成了他最好的帮手。

好像每个父子之间都会有这么段时光，父亲像是个没有长大的孩子，以教育孩子的名义与儿子一起去玩自己想玩的玩具。我们也会一起玩拼装玩具，一起看电视节目或球赛。那是父亲最像是我朋友的时候，那种感受现在想起都会让人觉得温暖。

因为母亲生我时受了很多苦，所以每年过生日的时候，父亲都会对我说"今天是你的生日，也是你母亲的难日，长大以后你要好好孝顺你的妈妈"。原话中还经常会加上一句"你对我怎样倒无所谓"，一副事不关己的样子，仿佛他不会对我负什么责任，也不指望从我身上得到什么回报。但实际上他对家庭的付出并不少，而且在他的强调下，每年我的生日都成了我和母亲两个人的节日，他会尽全力为我们准备一个像样子的生日庆祝。记得过去父亲经常给我念穆圣这样的一个圣训：

曾经有一个人走到穆圣那儿对他说：

"真主的使者啊！谁是值得我最用心去照顾的人呢？"

穆圣回答道："你的母亲。"

他又问："然后呢？"

穆圣回答道："你的母亲。"

他再问："再然后呢？"

穆圣回答道："你的母亲。"

穆圣把这话重复了三次，然后才说是你的父亲。

他也经常对我说："天堂在母亲的脚下，如果我们每个人得不到母亲的宽容，即使'天天做好事，长年封斋，日夜礼拜'，天堂也会与我们绝缘。我们真主特别嘱咐孝敬母亲，是因为母亲是最辛苦的，她养育儿女时，受了巨大的痛苦，从怀孕、分娩、喂乳、抚育和疼爱，处处表达了对自己孩子无微不至的关怀。她是为子女付出一生的人，也是唯一不计回报的女人，这一切都只有母亲才能胜任，作为子女这一生也无法偿还母亲给我们的一切。"

三

这样的传统在我这一代也会传承下去，让我的孩子们也在享受生命的同时，不会忘记母亲对他无私的爱。

记得小时候我奶奶还在，虽然和我们不生活在同一个城市，但父亲每个月会按时给她汇款，有空的时候也总会给她打电话，并托付在当地的亲戚代为照顾。父亲总对我说："只要妈妈在，孩子的心就是安稳的。"前几年奶奶去世了，父亲很难过，虽然表面上还是装作没事儿的样子，但我能感觉到他压抑的沉重。有天晚上起夜想从冰箱拿些吃的，发现他静静地坐在客厅，悲伤得不能自已。这是我第一次看到他流泪，他喃喃地说："母亲走了，孩子就长大了。"然后起身走回了自己的卧室，留下我也跟着黯然神伤。对于家的眷恋和忠诚是父亲心底最柔软的一面，他很小就离开了家独自来到一个陌生的城市闯荡，是远方的家人带给他的温暖帮他度过了最初的岁月。

　　这样的生长环境造就了父亲坚毅的性格，他对自己的判断有着超强的信念，认准的目标即便再多人都很难劝他做出改变，就算最后的结果不尽如人意，他也不会承认是自己做出了错误的决定。这样的性格，在我逐渐成长有了独立思考后，让我们过去经常发生矛盾，在不断的冲突和试错中，我从最开始的倔强和叛逆，开始逐渐发现他的意见很多都是正确的，我们的矛盾更多是因为沟通的方式，而不是事情本身。这样的体验让我更为重视与他人沟通的技巧与方式，成了我事业发展的重要"武器"。与父亲的"和平"相处，成为我人生课程中重要的进步。

　　还记得小时候父亲因为工作的关系经常出差，每次回来都会给我带很多新奇的礼物，从有趣的玩具到五颜六色的漂亮石头。我从这些礼物和他讲述的见闻中感受到了外面的世界，在心中埋下了四处旅行的愿望。如今我也经常会到很多国家出差，每到一个地方都会想起父亲。

　　当然，在男权社会下，父亲总是严厉的，几乎从不把自己柔软的一面展现在孩子面前。小时候每当我做错事，父亲要么会严厉地斥责，要么会无奈地叹息，无论哪种都让我深深自责。时至今日，不小心打碎杯碗，或者忘记带钥匙的时候，我还是会非常紧张，虽然自己早已可以承受这些错误所带来的后果。安全感的缺失与无法直面自己的错误，这应该是很多同龄人的通病，又何尝不是源于父亲的"教育"？记得小时候和亲戚家的孩子一起出去玩儿，他不小心弄破了衣服，但他并没有惊慌，而是直接跟自己的父亲说我的衣服破了，帮我补一下吧，这样的态度和交谈让那时的我羡慕不已。曾经在少年期的时候一度很"恨"父亲对自己不好的影响，但最终还是选择了体谅和感激。即便父亲有再多的局限，也只是他的生活环境带给他的烙印，他已倾尽全力为我创造了最好的成长环境，感念始终。

少年时有段时间总会跟他说自己学习有多么多么努力，做了哪些很"光彩"的事儿，等等。父亲总是沉默地听着，有时报以浅浅的微笑，但并不置可否。后来我有些恼羞成怒地问他到底怎么看我，他却说人总是这样，越没什么，越爱把什么挂在嘴边。这次轮到我沉默了，回想起那段时间的生活真的是不如意，我强装的美好被父亲一眼看穿……

这些过去生活的点滴，汇聚成我对人生第一位老师的追忆，怀念我的父亲！

原载于《美文》2017 年第 9 期

在女儿婚礼上的讲话

贾平凹

　　我二十七岁有了女儿，多少个艰辛和忙乱的日子里，总盼望着孩子长大，她就是长不大，但突然间她长大了，有了漂亮、有了健康、有了知识，今天又做了幸福的新娘！我的前半生，写下了百十余部作品，而让我最温暖的也最牵肠挂肚和最有压力的作品就是贾浅。她诞生于爱，成长于爱中，是我的淘气，是我的贴心小棉袄，也是我的朋友。我没有男孩，一直把她当男孩看，贾氏家族也一直把她当作希望之花。我是从困苦境域里一步步走过来的，我发誓不让我的孩子像我过去那样的贫穷和坎坷，但要在"长安大居不易"，我要求她自强不息，又必须善良、宽容。二十多年里，我或许对她粗暴呵斥，或许对她无为而治，贾浅无疑是做到了这一点。当年我的父亲为我而欣慰过，今天，贾浅也让我有了做父亲的欣慰。因此，我祝福我的孩子，也感谢我的孩子。

　　女大当嫁，这几年里，随着孩子的年龄增长，我和她的母亲对孩子越发感情复杂，一方面是她将要离开我们，一方面是迎接她的又是怎样的一个未来？我们祈祷着她能受到爱神的光顾，觅寻到她的意中人，获得她应该有的幸福。终于，在今天，她寻到了，也是我们把她交给了一个优秀的俊朗的贾少龙！我们两家大人都是从乡下来到城里，虽然一个原籍在陕北，一个原籍在陕南，偏偏都姓贾，这就是神的旨意，是天定的良缘。两个孩子生活在富裕的年代，但他们没有染上浮华习气，成长于社会变型时期，他们依然纯真清明，他们是阳光的、进步的青年，他们的结合，以后的日子会快乐、灿烂！

在这庄严而热烈的婚礼上，作为父母，我们向两个孩子说三句话。第一句，是一副对联：一等人忠臣孝子，两件事读书耕田。做对国家有用的人，做对家庭有责任的人。好读书能受用一生，认真工作就一辈子有饭吃。第二句话，仍是一句老话："浴不必江海，要之去垢；马不必骐骥，要之善走。"做普通人，干正经事，可以爱小零钱，但必须有大胸怀。第三句话，还是老话："心系一处。"在往后的岁月里，要创造、培养、磨合、建设、维护、完善你们自己的婚姻。

今天，我万分感激着爱神的来临，它在天空星界，江河大地，也在这大厅里，我祈求着它永远地关照着两个孩子！我也万分感激着从四面八方赶来参加婚礼的各行各业的亲戚朋友，在十几年、几十年的岁月中，你们曾经关注、支持、帮助过我的写作、身体和生活，你们是我最尊重和铭记的人，我也希望你们在以后的岁月里关照、爱护、提携两个孩子，我拜托大家，向大家鞠躬！

原载于《美文》2015 年第 1 期

儿子的出生

余 华

　　我做了三十三年儿子以后，开始做上父亲了。现在我儿子漏漏已有七个多月了，我父亲有六十岁，我母亲五十八岁，我是又做儿子，又当父亲，属于承上启下、继往开来中的人。几个月来，一些朋友问我：当了父亲以后感觉怎么样？我说：很好。

　　确实很好，而且我只能这样回答，除了"很好"这个词，我不知道该怎样说。家里增加了一个人，一个很小很小的人，很小的脚丫和很小的手，我把他抱在怀里，长时间地看着他，然后告诉自己：这是我儿子，他的生命与我的生命紧密相连，他和我拥有同一个姓，他将叫我爸爸……

　　我就这样往下想，去想一切他和我相关的，直到再也想不出什么时，我又会重新开始去想刚才已经想过的。就这些所带来的幸福已让我常常陶醉，别的就不用去说了。

　　我儿子是以突然袭击的方式出现的，我和妻子毫无准备。1992年11月，我为了办理合同制作家手续回到浙江，二十天后当我回到北京，陈虹来车站接我时来晚了，我在站台上站了有十来分钟，她看到我以后边喊边跑，跑到我身旁她就累得喘不过气来，抓住我的衣服好几分钟说不出话，其实她也就是跑了四五十米。以后的几天，陈虹时常觉得很累，我以为她是病了，就上医院去检查，一检查才知道是怀孕了。

那时候我一个人站在外面吸烟，陈虹走过来告诉我：是怀孕了。陈虹那时什么表情都没有，她问我要不要这个孩子。我想了想后说："要。"

后来我一直认为自己当初说这话时是毫不犹豫的，陈虹却一口咬定我当时犹豫不决了一会儿，其实我是想了想。有孩子了，这突然来到的事实总得让我想一想，这意味着我得往自己肩膀上压点什么，我生活中突然增加了什么。这很重要，我不可能什么都不想，就说"要"。

我儿子最先给我们带来的乐趣，是从医院出来回家的路上，我和陈虹走在寒风里，在冬天荒凉的景色里，我们内心充满欢乐。我们无数次在那条街道上走过，这一次完全不一样，这一次是三条生命走在一起，这是奇妙的体验，我们一点都感觉不到冬天的寒风。

接下来就是五个月的时候，有一天陈虹突然告诉我孩子在里面动了。我已经忘了那时在干什么，但我记得自己是又惊又喜，当我的手摸到我儿子最初的胎动时，我感到是被他踢了一脚，其实只是轻轻地碰了一下，我却感到这孩子很有劲，并且为此而得意扬扬。从这一刻起，我作为父亲的感受得到了进一步的证明，我真正意识到儿子作为一个生命存在了。

我的儿子在踢我。这是幸福的想法，他是在告诉我他的生命在行动，在扩展，在强大起来。现在我儿子七个多月了，他挥动着小手和比小手大一点的小脚，只要我一凑近他，他就使劲抓我的脸。我的脸常常被他抓破，即便如此，我还是常常将脸凑过去，因为我儿子是在了解世界，他要触摸实物，有时是玩具，有时是自己的衣服，有时就应该是他父亲的脸。

然后就是出生了。孩子没有生在北京，而是生在我的老家浙江海盐。我的父母都是医生，他们希望我和陈虹回浙江去生孩子。我儿子是1993年8月27日出生的，是剖腹产，出生的日子是我父亲选定的，他问我和陈虹："27日怎么样？"

我们说："行。"

陈虹上午八点半左右进了手术室，我在下面我父亲的值班室里等着，我将一张旧报纸看了又看，我一点都不担心，因为我作为医生的父母都在手术室里，他们恭候着孙儿的来临。我只是感到有些无所事事，就反复想象自己马上就要成为父亲了。我觉得这是一个有趣的事实，当然我更关心的是我儿子是什么模样。到九点半了，我听到我父亲在喊叫我，我一下子激动了，跑到外面看到父亲，他大声对我说："生啦，是男孩，孩子很好，陈虹也很好。"

我父亲说完又回到手术室里去了，我一个人在手术室外面走来走去，孩子出生之前我倒是很平静，一旦知道孩子已经来到世上，并且一切都好后，我反倒坐立不安了。过了一会儿，我母亲将孩子抱了出来，我母亲一边走过来一边说："太漂亮了，这孩子太漂亮了。"

我看到了我的儿子，刚从他母亲子宫里出来的儿子，穿着他祖母几天前为他准备的浅蓝色条纹的小衣服，睡在襁褓里，露出两只小手和小脸。我儿子的皮肤看上去嫩白嫩白的，上面像是有一层白色粉末，头发是湿的，粘在一起，显得乌黑发亮，他闭着眼睛在睡觉。一个护士让我抱抱他，我想抱他，可是我不敢，他是那么的小，我怕把他抱坏了。

那天上午阳光灿烂，从手术室到妇产科要经过一条胡同，当护士抱着他下楼时，我害怕阳光了，害怕阳光会刺伤我儿子的眼睛。有趣的是当护士抱着我儿子出现在胡同里时，阳光刚好被云彩挡住了。就是这样，胡同里的光线依然很明亮，我站在三层楼上，看到我儿子被抱过胡同时，眼睛皱了起来，这是我看到自己儿子所出现的第一个动作。虽然很多人说孩子出生的第一个月里是没有听觉和视觉的，但我坚信我儿子在经过胡同时已经有了对光的感觉。

儿子被护士抱走后，我又是一个人站在手术室外面，等着陈虹被送出来。我在那里走来走去，这时我的感觉与儿子出生前完全不一样，我实实在在地感到自己是父亲了，一想到自己是父亲了，想到儿子是那么的小，才刚刚出生，我就一个人"嘿嘿"地笑。

我儿子在婴儿室里躺了两天，我一天得去五六次，他和别的婴儿躺在一起，浑身通红，有几次别的婴儿哇哇哭的时候，他一个人睡得很安详。有时别的婴儿睡的时候，他一个人在哭。为此我十分得意，我告诉陈虹：这孩子与众不同。

我父亲告诉我，这孩子是屁股先出来的，出来时一只眼睛睁着、另一只眼睛闭着，刚一出来就拉屎撒尿了。然后医生将他倒过来，在他背上拍了几下，他"哇"地哭了起来，他的肺张开了。

陈虹后来对我说，她当初听到儿子第一声哭声时，感到整个世界变了。陈虹从手术室里出来时脸上挂着微笑。我俯下身去轻声告诉她我们的儿子有多好，她那时还在麻醉之中，还不觉得疼，听到我的话她还是微笑，我记得自己说了很多感谢的话，感谢她为我生了一个很好的儿子。

其实在知道陈虹怀的是男孩以前，我一直希望是女儿，而陈虹则更愿意是男孩。所以我认准了是女孩，陈虹则肯定自己怀的是儿子。这样一来，我叫孩子为女儿，陈虹一声一声地叫儿子。我给孩子取了一个小名，叫漏漏。这一点上我们意见一致，因为我们并没有具体的要孩子的计划，他就突然来了。我说这是一条漏网之鱼，就叫他漏漏吧。

漏漏没有进行胎教，我和陈虹跑了几个书店，没看到胎教音乐、也没看到胎教方面的书籍。事情就是这样怪，想买什么时往往买不到，现在漏漏七个多月了，我一上街就会看到胎教方面的书籍和音乐盒带。另一方面我对胎教的质量也有些怀疑，倒不是怀疑它的科学性，现在的人只管赚钱，很少有人把它作为事业来从事。

所以我就自己来教，陈虹怀孕三四个月之间，我一口气给漏漏上了四节胎教课。第一节是数学课,我告诉他:1+1=2;第二节是语文课,我说:你是我儿子,我是你父亲;第三节是音乐课,我唱了一首歌的开始和结尾两句;第四节是政治课,是关于波黑局势的。四节课加起来不超过五分钟,其结果是让陈虹笑疼了肚子。至于对漏漏后来的智力发展有无影响我就不敢保证了。

陈虹怀漏漏期间,我们一直住在一间九平方米的平房里,三个大书柜加上写字台已经将房间占去了一半,屋内只能支一张单人床,两个人挤一张小床,睡久了都觉得腰酸背疼。有了漏漏以后,就是三个人挤在一起睡了。整整九个月,陈虹差不多都是向左侧身睡的,所以漏漏的位置是横着的,还不是臀位。臀位顺产就很危险,横位只能是剖腹产。

漏漏八月下旬出生,我们是八月二日才离开北京去浙江,这个时候动身是非常危险了。我在北京让一些具体事务给拖住,等到动身时真有点心惊肉跳,要不是陈虹自我感觉很好,她坚信自己会顺利到达浙江,我们就不会离开北京。

陈虹的信心来自还未出世的漏漏,她坚信漏漏不会轻易出来,因为漏漏爱他的妈妈,漏漏不会让他妈妈承受生命的危险。陈虹的信心也使我多少有些放心,临行前我让陈虹坐在床上,我坐在一把儿童的塑料椅子里,和漏漏进行了一次很认真的谈话,这是我第一次以父亲的身份和未出世的儿子说话。具体说些什么记不清了,全部的意思就是让漏漏挺住,一直要挺回到浙江家中,别在中途离开他的阵地。

这是对漏漏的要求,要求他做到这一点,自然我也使用了贿赂的手段。我告诉他，如果他挺住了，那么在他七岁以前，无论他多么调皮捣蛋，我都不会揍他。

漏漏是挺过来了，至于我会不会遵守诺言，在漏漏七岁以前不揍他，这就难说了。我的保证是七年，不是十天，七年时间实在有些长。儿子出生以后，给他想个名字成了难事。以前给朋友的孩子想名字，一分钟可以想出三四个来，给自己作品中的人物取个名字，也是写到该有名字的时候立刻想一个。轮到给自己儿子取个名字，就不容易了，怎么都想不好，整天拿着本《辞海》翻来看去。我父亲说干脆叫余辞海吧，全有了。

漏漏取名叫余海果，这名字是陈虹想的。陈虹刚告诉我的时候，我看一眼就给否定了。过了两天，当家里人都在午睡时，我将余海果这三个字写在一个白盒子上，看着看着觉得很舒服，嘴里叫了几声也很上口，慢慢地我越来越喜欢这个名字了，等到陈虹午睡醒来，我已经非这名字不可了。我对陈虹说："就叫余海果。"

儿子出生了，名字也有了，我做父亲的感受也是越来越突出。我告诉自己要去挣钱，要养家糊口，要去干这干那，因为我是父亲了，我有了一个儿子。其实做父亲最为突出的感受就是：我有一个儿子了。这个还不会说话，经常咧着没牙的嘴大笑的孩子，是我的儿子。

原载于《美文》1996年第2期

第四辑

Part. 04

人 间 风 情 万 种

说家常

孙犁（口述） 谢大光（整理）

1979年秋，筹备《散文》月刊创刊，向孙犁约稿，先生以《乡里旧闻》为总题，写了一组忆旧散文，篇首摘录《书衣文录》中自题的两句诗"梦中每迷还乡路，愈知晚途念桑梓"，刊发在《散文》1980年创刊号上。当年又连续刊发了两组。此后三四年里，先生在这个题目下，相继写了十九篇散文。由此，我对先生的童年家境产生了兴趣，想听他多聊聊这些旧年往事。那时，百花社在赤峰道，和先生的多伦道居所不远，我和一位同事李梦英隔三岔五去孙府聊天，常是海阔天空，有一句没一句，不知所终。有目的的专题性答问，是不是显得生分了？我犹豫了很久。没想到冒昧提出后，先生答应得很痛快。时间就定在1983年9月9日上午，是个周六。为了谈得随意一些，没有采取问答形式。前一天，我在一张纸条上写下几个题目，交给先生参考。所谓题目，无非就是出生的年代和环境，村子，家庭；父子两代人的命运和追求；走上文学之路的契机，等等。那一天，先生的心情很好，谈得很开，两个多小时，除了点烟、喝水，几乎没有停断。感觉得到，叙述者也沉入自己的回忆之中。我不会速记，只能尽量快写。好在是聊天，语速不快，实在记不下的地方，我就做个记号，过后请先生重复一下。三十年后的今天，看到记录稿上的勾勾画画，还能记起先生的一颦一笑。整理稿完全实录当年所记，没有任何添加，免不了有些断续。先生在这次长谈前后，写过不少关于母亲、父亲以及童年的回忆文章。将文章和谈话对照来看，颇能读出一些意趣，对于文字的剪裁取舍，用笔的浓淡深浅，会大有益于后来者。

谢大光

孙犁谈旧年往事

1983年9月9日周六上午

　　全村（东辽城村）都很穷。我家有五十多亩地，这样的家户全村只有三四家。只有一户大地主，有一百多顷地。箩都是用马尾制成，因此村里的马尾作坊多，编箩的手工业者人多。再有的做点小买卖，卖糖、烟、烧饼、馃子。或设小牌局抽头。也有打短工的。我出生时，父亲已吃上股，家境好转，买了地，盖了房。后来定为富农，并不过分，但土改搞得很"左"，富农比别的地方的地主还搞得厉害。越是老区，搞得越凶。新瓦房都拆了，基本上是扫地出门。

　　全村只有我上中学，还有一个上师范。一般人家，上个初小，就下地干活了。我上中学，每年需一百五十块大洋。相当于十亩地的收入。谷子碾成米，一斗米（三十斤）才卖三块。那时，每亩六斗谷就是好收成，麦子只能打四斗。完全靠天，没有什么科学知识。我上学回家，对我很娇贵的，但吃的也就是红高粱饼，父亲赶集买点葱，蘸大酱就是菜。春天也吃糠，红白高粱是长年的饭食。别的人家吃的就更差了。

（谢大光：按老话说，你父亲就算有本事的。）

也不是本事。父亲学徒就得忍耐。前边是钱铺，后边是粮油作坊。商业和手工业结合。学徒三年，站柜台，侍候客人和掌柜的。晚上给大一点的师兄铺床，放夜壶，早上还得倒了。只有晚上过账时，才能学点本事。每天晚上个把钟头，一人念账，每个学徒都拿把算盘打。掌柜睡了，就拿包装纸练字。三年后，字写得很漂亮，算盘打得飞快。三年后可吃劳金，开始很少，若干年后一整股。由先生、二掌柜、掌柜，一级级升上去。干了一辈子，攒钱买了五十亩地，一处房子，很正规的一个富农的规模。刚拾掇好就土改了。结果，拆得只剩了三间北房。

我上六年中学，每年得花一百五十元。三十六元学费，还有饭费，杂费，书本费。地主家也不一定能供一个大学生。

父亲和邮政局长熟，看人家邮政局活儿好，局长一月五六十元，邮务员必须会英文，一月也有三四十元。想让我将来干。按说正常人家，小学出来是要送去学生意的，我从小娇惯，学不了生意，受不了那份气，种地也种不了，吃不了苦。我在北京流浪时，父亲听说北京邮政局考工，特地把文凭寄来让我考。结果一看那阵势就不行，英语口语差得太远。上学时老师还说我英语很好。按我父亲的目标，对我要求并不高。只要我中学毕业后，一年挣出一个长工钱（因为我种不了地），也就是一年四五十元。后来我当小学教员时，一年能挣两个长工钱。我对邮政局毫无兴趣。

（谢大光：从小是什么原因爱上看书、爱上文学的？客观环境似乎没有什么有利条件。）

我从小身体弱，干不了别的，就好看书。书迷。十七岁结婚后，按规矩，正月到丈人家住半个月，很舒服，吃得好，很多人陪着玩儿，赌钱。我那时已不好赌钱。丈人家有一间招待客人的小屋，装满了书。我天天躲在屋里看，被传为美谈。"这孩子有出息！"

小时候，我有一段时间很迷赌钱。除了打麻将，什么赌都会。本院叔叔大爷都好赌。有时叔叔故意输给我，把好牌扣了，哄着我玩。当家的一个爷爷，是看宝的。他看我爱赌钱，让我到幕后去做宝。十四五岁时很迷。从中学毕业到北京，突然就不赌了。小学念书"手、刀、尺，牛、马、羊"，老师都是简易师范毕业。

我从小孤僻，不好与人家交往，就爱看书。上学时，我好看戏，在北京，李玉茹的戏看得不少，四毛一张票，也看富连成班、谭富英等，在广和楼。也看过名角，程砚秋、杨小楼，看戏也是一个人去。电影也爱看，迷阮玲玉，不爱看胡蝶。我在东城住，有时不惜走到西城看阮演的片子。阮死后，剪报很多存下来。我喜欢美术画片，桌上总有一个铜镜框，放一张画片，或古典名画，或裸体美人。屋里也挂画。

在北京饭铺吃包饭，欠人家饭钱。交三元钱就可以总吃下去。人家不好讨。到现在我还欠人家的呢！

在市政府工务局，每月二十元。当小学事务员，每月十八元，但要交六元伙食费，买书后所剩无几。

在同口教书时，二十四元一月，学校有伙食，因此剩钱多，就开始大量买书。从上海、北京邮购。"七七事变"后，回家时有两个柳条包的书。《萌芽》《文学月报》《北斗》《拓荒者》《世界文化》《译文》，订的都是全套，有个别缺的，在北京时跑地摊凑齐了。书的命运：后来闹日本时，让汉奸搜出烧了一部分，老伴用来烧火，父亲拿去换挂面吃，剩下一部分，土改时让贫农团卷烟抽了。

我上学买书，用多少钱父亲也不反对。中学买的《辞源》，一部要好几块。我父亲说，他小时候穷，没念多少书。我在保定上学时，他还给我寄曾文正公家书。那时我对这些书当然无兴趣。

我父亲好写字，学徒时尤其用功。我放暑假，在场院摆个桌子教我练。我始终没下功夫练。父亲说我只会半个字。抗战胜利后，县烈士纪念碑让我题字，消息传到我家，父亲说："还让他写字？"表示看不起。

我小时爱好很广泛。学过刻图章，自己起点奇奇怪怪的别名，胡琴也买过，也没学成。我的手很笨。高小音乐不行，中学美术、手工不行。网球打得不错，当然不是什么选手，只是好打。同学中始终联系的只有李之琏，现在是中纪委书记。中学六年的同学只有他了。《文集》出来，赶快寄他一部。他来信抱歉地说，不能马上看了。

中学图书管理员王斐然对我帮助很大，介绍一些书给我。图书馆书不少。中学看书多，住校，特别是高中，比较自由了，功课也不太紧。现在想起来，书名真多。那时看书爱惜，不在书上画写，只摘抄一些字句。现在后悔了，写读书记就很费劲。

父亲常年不在家，因此受母亲影响大。

关于母亲

母亲很苦。一共四个姐妹，有两个弟弟，共六个孩子。全家靠外祖母织布维持生活。一家人要人歇马不歇地织，她又是老大，劳务负担可想而知。家里只有三四亩地。大舅父下关东，四十多岁回来才娶个老伴儿，一直是贫农。母亲嫁过来，我家也很穷。孙家是大家庭，人口很多，磨面、卖馒头为生。用这种作坊来维持大家庭。母亲后来说，我吃麸子吃怵了。要吃白面，就全是，不要掺麸子。

上有老，下有小，很不容易。我父亲兄弟俩，还有两个姑姑。父亲上过两年私塾，算是村里识字的人家。村里有个山西人，在安国县做生意，招赘在这村。他把我父亲介绍到安国做生意。祖父活着时很希望父亲能吃到股份，但未等到就死了。祖父死时无以为葬，同事说是否邀会，父亲不同意，结果是借钱才得以入土。

母亲讲过，坐月子时没有柴烧，拆了个破鸡笼，才整的粥喝。

我弟兄七个，我是老六。上下几个都死了。据说一个月就死了三个，传染病。我祖父怕母亲想不开，疯了，就让她出去赌点小牌。

后来父亲熬到吃劳金，买了五十亩地，叔父在家种。我去保定上学时，叔父闹分家，我家分到二十亩，后又逐渐买到五十亩，雇工来种。实际上是富农，但不是很大规模的富农。五十亩地一头牛，一个长工，忙时雇些短工。常年吃红白高粱，不买肉。生活并不富裕。春天闹春荒，就得挖野菜，捋杨树花。母亲一直未脱离劳动，一到秋天，疯了一样，争秋夺麦。

我记事，母亲已是四五十岁，很少织布了。但我的两个闺女，十一二岁就会纺线。小孩上学买课本，母亲就说："找秋喜爷爷去抄一本，不要买了。"母亲常说："嗓子是个过道，好的坏的都一样。饥了糠如蜜，饱了蜜不甜。"过年杀个猪，煮出肉来，又一大块就吃。常年吃不上啊。

母亲性格开朗，在乡里人缘很好。她是当家的，很敞快，乡里有事，她总在前边。可怜穷苦人。五十多岁后，总说自己活不长。每年要我老伴给她做一双寿鞋。街里有老太太过世，她就送去。老伴儿说，我不知做了多少双寿鞋了。

母亲后来跟我到了天津。八十四岁才去世。全凭从小劳动身体好。

有一年，我和弟弟一起长的麻疹，十八亩地里的一条独根，什么法儿都试了。烧香，许愿，认干娘，干娘要先后认九个，还要有个姓刘的，再给起个名叫刘根，就留住了，还要认个唠叨女人，一个娼妓从良的，认了她。

我一有病，母亲就在窗台上放一碗凉水，用手抓些草棍儿插水里，念念有词："关老爷，马过来吃草。病好了，给您挂袍！"实际上就是一张黄纸，当作送他衣料。她也领我去巫婆家去下仙，香头（会首）神仙附体，和人对答。我母亲也知是假的，我问："他声音怎么变成女的了？"母亲说："把嘴捏上半拉，就细了。"但还是信。各种偏方都试过，羊肚里的羊羔，放在瓦片上焙干，让我吃。

母亲经过一些大事，从清末，军阀混战，闹日本，到土改，胆子很大，感情也很坚强。

我有个大儿子，十二岁，闹盲肠炎，日本人在时，没人给治，死了。我老伴很痛苦，母亲没掉一滴眼泪。她一辈子没穿过好衣服，没吃过好东西。到天津来，我给她买了个皮袄。

我从小就是富农子弟的生活，和东家的子弟还是有区别。我不光爱惜书，生活上东西我都爱惜。纸，铅笔头，破衣服，都要收好。

我上学去，被面用四块布凑成，穿布袜子。那时刚兴球鞋，买一双，放箱子里，偶尔穿一次。

母亲很细。小时打场，土场，豆子压进地里，让我们抠出来。一粒粮食都不让丢掉。

母亲没文化，但知道念书的重要。

我二姨很会讲故事。我母亲去走娘家，她来看我，整整讲一夜，一停我就哭。

母亲对我老伴，有话就说。有时说得很厉害，说过就完。特别是惜老怜贫，给我影响很大。

叔叔对我母亲很怕，从小管着。两个姑姑出嫁后，不久就死了。大姑留个姑娘（表姐），从小跟我母亲，帮着做不少事。

我后来越来越感到人生不是那么简单的了。

我的性格和体质有关系。从小体弱，"不好剑，就好书"，只有好书。不好接近人，恐怕也和这有关。没有那么大精神头儿。烦。因此孤僻，精力有限。

和弟弟同时闹病，我六七岁，他四五岁。出疹子，他死了，我活过来了。有一个大夫，专门骗人。治病先问"有珍珠吗？"那时候什么病都能死人。

母亲经常念叨，"老大活着和×××同岁，老二活着和×××同岁。"

母亲经过义和团、小阎王造反、军阀、日本、逃兵，天灾人祸经常闹。母亲说："总是逃难。"

爷爷量米未量上，西头邻居给了几升米，母亲一直记着，有什么好东西，都送他。还有山西那个老头儿，"老西儿"。有该说的，就叫来说。有好处，记一辈子，还要叮嘱儿子记着。影响我，恩怨观念很重。

从小，父母看我没多大出息。连帮工的都说："大爷学不了买卖。"特别是没考上邮政局，父亲失望了。当了小学教员，挣一个长工钱就行。常说："（我挣的钱）别人花了我心疼，就他花我没办法！"对我不抱什么希望了。不搭调，干不出什么名堂。参加抗日后，跑来跑去，整天背个破书包。（父亲）对我老伴说："振海害臊吗？我都替他害臊。"

后来，冀中区印我的《文学写作课本》。我说，有稿费，可以买辆车。父亲说，那就到保定去买。结果给了一点钱，买不了车。

有人从外边回来，说看见我穿着补丁衣服，父亲都哭，一听说我是报社主笔，又高兴了。招待来人一顿饭。从小知道我作文不错，常听老师讲，国文不错。

父亲1946年去世。我刚从延安回来，回来穿得也是破破烂烂的。回到家，父亲很不怎么样。山里缺布。家中自己可以织，只有要饭的，才穿补丁衣服。

原载于《美文》2013 年第 6 期

邓稼先

杨振宁

从"任人宰割"到"站起来了"。

一百年以前，甲午战争和八国联军时代，恐怕是中华民族五千年历史上最黑暗最悲惨的时代，只举1898年为例：

德国强占山东胶州湾，"租借"99年。

俄国强占辽宁旅顺、大连，"租借"25年。

法国强占广东广州湾，"租借"99年。

英国强占山东威海卫与香港新界，前者"租借"二十五年，后者"租借"九十九年。

那是中华民族任人宰割的时代，是有亡国灭种的危险的时代。

今天，一个世纪以后，中国人民站起来了。

这是千千万万人努力的结果，是许许多多可歌可泣的英雄人物创造出来的伟大胜利。在20世纪人类历史上，这可能是最重要的、影响最深远的巨大转变。

对这一转变做出了巨大贡献的，有一位长期以来鲜为人知的科学家：邓稼先。

"两弹"元勋

邓稼先于1924年出生在安徽省怀宁县。在北平上了小学和中学以后，于1945年自昆明西南联大毕业。1948年到1950年赴美国普渡大学读理论物理，获得博士学位后立即乘船回国，1950年10月到中国科学院工作。1958年8月奉命带领几十个大学毕业生开始研究原子弹制造的理论。

这以后的二十八年间，邓稼先始终站在中国原子武器设计制造和研究的第一线，领导许多学者和技术人员，成功地设计了中国的原子弹和氢弹，把中华民族国防自卫武器引导到了世界先进水平。

1964年10月16日中国爆炸了第一颗原子弹。

1967年6月17日中国爆炸了第一颗氢弹。

这些日子是中华民族五千年历史上的重要日子，是中华民族完全摆脱任人宰割危机的新生日子！

1967年以后邓稼先继续他的工作，至死不懈，对国防武器做出了许多新的巨大贡献。

1985年8月邓稼先做了切除直肠癌的手术。次年3月又做了第二次手术。在这期间他和于敏联合署名写了一份关于中华人民共和国核武器发展的建议书。1986年5月邓稼先做了第三次手术，7月29日因全身大出血而逝世。

"鞠躬尽瘁，死而后已"正好准确地描述了他的一生。

邓稼先是中华民族核武器事业的奠基人和开拓者。张爱萍将军称他为"'两弹'元勋"，他是当之无愧的。

邓稼先与奥本海默

抗战开始以前的一年，1936年到1937年，稼先和我在北平崇德中学同学一年；后来抗战时期在西南联大我们又是同学；以后他在美国留学的两年期间我们曾住同屋。五十年的友谊，亲如兄弟。

1949年到1966年我在普林斯顿高等学术研究所工作，前后17年的时间里所长都是物理学家奥本海默。当时，他是美国家喻户晓的人物，因为他曾成功地领导战时美国的原子弹制造工作。高等学术研究所是一个很小的研究所，物理教授最多的时候只有五个人，奥本海默是其中之一，所以我和他很熟识。

奥本海默和邓稼先分别是美国和中国原子弹设计的领导人，各是本国的功臣，可是他们的性格和为人却截然不同——甚至可以说他们走向了两个相反的极端。

奥本海默是一个拔尖的人物，锋芒毕露。他二十几岁的时候在德国哥廷根镇做玻恩的研究生。玻恩在他晚年所写的自传中说研究生奥本海默常常在别人做学术报告时（包括玻恩做学术报告时）打断报告，走上讲台拿起粉笔说："这可以用底下的办法做得更好……"我认识奥本海默时他已四十多岁了，已经是妇孺皆知的人物了，打断别人的报告，使演讲者难堪的事仍然时有发生。不过比起以前要少一些。佩服他、仰慕他的人很多，不喜欢他的人也不少。

邓稼先则是一个最不要引人注目的人物。和他谈话几分钟，就看出他是忠厚平实的人。他真诚坦白，从不骄傲。他没有小心眼儿，一生喜欢"纯"字所代表的品格。在我所认识的知识分子当中，包括中国人和外国人，他是最有中国农民的朴实气质的人。

我想邓稼先的气质和品格是他所以能成功地领导各阶层许许多多工作者，为中华民族做了历史性贡献的原因：人们知道他没有私心，人们绝对相信他。

"文革"初期，他所在的研究院（九院）和当时全国其他单位一样，成立了两派群众组织，对吵对打。而邓稼先竟有能力说服两派继续工作，于1967年6月成功地制成了氢弹。

1971年，在他和他的同事们被"四人帮"批判围攻的时候，如果别人去和工宣队、军宣队讲理，恐怕要出惨案。而邓稼先去了，竟能说服工宣队、军宣队的队员。这是真正的奇迹。

邓稼先是中国几千年传统文化所孕育出来的有最高奉献精神的儿子。

邓稼先是中国共产党的理想党员。

我以为邓稼先如果是美国人，不可能成功地领导美国原子弹工程；奥本海默如果是中国人，也不可能成功地领导中国原子弹工程。当初选聘他们的人，钱三强和葛罗夫斯，可谓真正有知人之明，而且对中国社会、美国社会各有深入的认识。

民族感情？友情？

1971年，我第一次访问中华人民共和国。在北京，见到阔别了22年的稼先。在那以前，也就是1964年中国原子弹试爆以后，美国报章上就已经再三提到稼先是这项事业的重要领导人。与此同时还有一些谣言说，1948年3月去了中国的寒春曾参与中国原子弹工程。（寒春曾于40年代初在洛斯阿拉姆武器实验室做费米的助手，参加了美国原子弹的制造，那时她是年轻的研究生。）

1971年8月，我在北京看到稼先时，避免问他的工作地点，他自己只说"在外地工作"。但我曾问他，寒春是不是参加了中国原子弹工作，像美国谣言所说的那样。他说他觉得没有，但是确切的情况他会再去证实一下，然后告诉我。

1971年8月16日，在我离开上海经巴黎回美国的前夕，上海市领导人在上海大厦请我吃饭。席中有人送了一封信给我，是稼先写的，说他已证实了，中国原子武器工程中，除了最早于1959年底以前曾得到苏联的极少"援助"以外，没有任何外国人参加。

这封短短的信给了我极大的感情震荡。一时热泪满眶，不得不起身去洗手间整容。事后我追想为什么会有那样大的感情震荡，是为了民族而自豪，还是为了稼先而感到骄傲？我始终想不清楚。

"我不能走"

青海、新疆，神秘的古罗布泊，马革裹尸的战场，不知道稼先有没有想起过我们在昆明时一起背诵的《吊古战场文》：

浩浩乎！平沙无垠，夐（xiòng，辽阔）不见人。河水萦带，群山纠纷。黯兮惨悴，风悲日曛。蓬断草枯，凛若霜晨。鸟飞不下，兽铤亡群。亭长告余曰："此古战场也！常覆三军。往往鬼哭，天阴则闻！"

　　也不知道稼先在蓬断草枯的沙漠中埋葬同事、埋葬下属的时候是什么心情？

　　"粗估"参数的时候，要有物理直觉；昼夜不断地筹划计算时，要有数学见地；决定方案时，要有勇进的胆识和稳健的判断。可是理论是否准确永远是一个问题。不知稼先在关键性的方案上签字的时候，手有没有颤抖？

　　戈壁滩上常常风沙呼啸，气温往往在零下三十多摄氏度。核武器试验时大大小小突发的问题必层出不穷。稼先虽有"福将"之称，意外总是不能完全避免的。1982年，他做了核武器研究院院长以后，一次井下突然有一个信号测不到了，大家十分焦虑，人们劝他回去，他只说了一句话："我不能走。"

　　假如有一天哪位导演要摄制《邓稼先传》，我要向他建议采用五四时代的一首歌作为背景音乐，那是我儿时从父亲口中学到的：

　　　　中国男儿　中国男儿
　　　　要将只手撑天空
　　　　长江大河　亚洲之东　峨峨昆仑
　　　　……

古今多少奇丈夫

碎首黄尘　燕然勒功　至今热血犹殷红

我父亲诞生于1896年，那是中华民族任人宰割的时代，他一生都喜欢这首歌曲。

永恒的骄傲

稼先逝世以后，在我写给他夫人许鹿希的电报与书信中有下面几段话：

稼先为人忠诚纯正，是我最敬爱的挚友。他的无私的精神与巨大的贡献是你的也是我的永恒的骄傲。

稼先去世的消息使我想起了他和我半个世纪的友情，我知道我将永远珍惜这些记忆。希望你在此沉痛的日子里多从长远的历史角度去看稼先和你的一生，只有真正永恒的才是有价值的。

邓稼先的一生是有方向、有意识地前进的。没有彷徨，没有矛盾。

是的，如果稼先再次选择他的人生的话，他仍会走他已走过的道路。这是他的性格与品质。能这样估价自己一生的人不多，我们应为稼先庆幸。

原载于《美文》1999 年第 2 期

由长沙致张兆和

沈从文

三三：

　　天气异常寒冷，全身心均如同被寒气压缩，越来越小。独守楼房中，多多少少有些和前年在井冈山上时节情形相同。也如同廿九年前，在沅水中部，乘小小桃源划子，放乎中流，听水声汩汩，听时间消逝，时间也因之格外见得缓慢异常。饭后许久，腹中还在哽着，却只能等待到时下楼吃饭，即此可以想见无聊到何等情况。于此更容易体会到"居必近市"的意义。这里楼上不仅仅离开市面极远，离开一切都似乎极远！我已写了五个提案草稿，好一回来即可誊清送出。

　　生命真正是种离奇的东西，每个人都不相同，取舍相差极远。有的表面身份即或相同，事实上一到思索和行动时，即判然分别，泾渭自见。即或是同一人，在不同时期、不同环境、不同气候、不同温度、甚至于不同光线下，也会完全不相同。在家中时，总像是只一晃晃即一星期。每天总像是在忙匆匆的行进中，一会会即到了天黑。时间总像不够用。这里时间便特别长了，等黄昏、盼黄昏，也好不容易！从窗口外望景界虽十分开阔，并且绿树如云，大几里连成一片，经常有火车过路，远处留下一起白烟，在空中，慢慢扩散。当画景看倒极像像赵松雪或赵大年南方烟雨景子画卷，细致而柔静，秀气清润。从绿云中高矗的烈士塔，和一支白玉笔一般，介然独立，也不俗气。但目下一切存在却仿佛各自孤立，不相黏附，找不出什么彼此关联意义。一切都似乎在寒气中被冻结住。使人回想起二千年前，同样的阴沉沉天气，贾谊以三十来岁的盛年，作为长沙王傅，在郊外楚国废毁的祠堂庙宇间徘徊瞻眺，低低讽咏楚辞，听萧萧风声，吹送本地人举行祭祀歌舞娱神节目中远远送来的笙竽歌呼声。生当明时而去帝乡万里，阴雨中迎接黄昏，回到他的长沙王傅所住小屋中时，他的无聊应当是一种什么情景！再想想屈原，楚国当时政权正在分解中，军事上一再败于秦，个人则因高瞻远瞩，转而失去楚王的尊重，更受小人谗毁失去信任，而朝政却为三五弄臣佞人掌握，眼见到一切将陷于不可收拾，还是无可如何。就在这种雾雨沉沉秋冬间，终于被放逐出国，收拾行李，搭上一叶小舟，直放常德，转赴沅水上游。坐上也许正像我廿九年前上行那种小小"桃源划子"。身上虽还有一口袋楚国特制的黄金"郢爰"，和一把价值千金的"玉具剑"。两担竹简书，和一挑行李。行李中且有个竹蔑编的极其精细的文具匣子，内中文房四宝一应俱全，可以供他随意写点什么。在朝时亲手编的楚国宪法，也早已用白绢书写成十卷，裹成大卷，搁在身边。自己的许多抒情感世作品，也同样分别誊写成卷，随手取来做了些校定，改动了几个错字。船在两岸绿雾苍茫中行进，想到国家的种种，听到看到岸上的祝神歌呼和火燎，他觉得好无聊！……我如再深入些，把两人本传来做些理会，在这个情形中的必然和当然，以及在那个历史环境中的必然与当然，小妈妈，一定会写得出两个极其出色的新屈贾故事！我懂得到在这个气候下背景形成的调子应当是什么，加上从二人身世和文章中去简练揣摩，写出来一定会情感充沛，有声有色。不会像×老写《××》那么带刻板做作气。因为写这类人事实上比写翠翠、贵生还容易得多！可以各方面去体会，去刻画，去布局润色，而做得十分准确生动。只要另一时，把我放到一个陌生地方去，如像沅陵或别的家乡大河边一个单独住处，去住三个月，由于寂寞，我会写得出好多好多这种动人东西！脑子奇怪处也就在此。我经常在什么书本上欢喜题上"人生可悯"，也正是这个意思。我深深懂得脑子里近于自小具有的想象力和后来卅年运用文字成为习惯的另一种能力，一到某种寂寞环境中，即可以（也必然会）在不甚费力情形中，做成种种结合，组织成种种幻想的或写实的故事。不论是纯粹幻想或平凡真实，都可望做得异常生动感人，由于或懂得如何即可感人！在三五千字造成一种人事画面，总会从改来改去做得完完整整的，骨肉灵魂一应俱全！这是一种天赋或官能上的敏感，也是一种长时期坚强固持的客观反复学习。两者的结合，却又和"寂寞"关系异常密切。酿酒也得一定温度，而且安静不扰乱，才逐渐成熟！生活实际对于一切的隔离，也可以说由于机能上补偿的需要，便可帮助养成一种深一层的"想象力"和"理解力"。文字若又能加以适当的概括，即可熔铸成种种有声有色的人生。凡最好的诗歌，最好的音乐，最具感染力的好画，来源几乎完全相同，不同处只不过是它的结合成形的方式和材料安排而已。相反的一个动力，即如懂画的布局敷色，懂音乐的节奏美，懂其他许许多多不相干的（在你看来以为不相干的）什么事事物物常识常语，却又能共同促进那个先天的敏感禀赋，和后天获得的文字运用组合，在意想不到的启发中，形成许多结构新巧感人灵魂的大小篇章。特别重要即是在相同人物相同故事中，却写得出格外生动神奇的故事。安徒生在童话写作中，已为我们做出了榜样。我的试验也有过一定结果，还未完全成熟，便凋萎了。如照目下训练培养方法，短篇作者所能达到的境界，大致不会是这种结果的。方法有问题。正和林师母说的浙江东阳火腿，新旧制法不同，所得结果必然不同。旧的方法似乎不怎么符合艺术科学（因为好的作品绝不是从文学概论或小说作法而来），可是用得其法，不仅色香味美，而且经久不坏。一经百货公司从规格出发统一制作后，东阳火腿表面上一切如旧，产量并且大有增加，但是上市供应时，大家都觉得不好吃，味道咸咸的，瘦肉成柴，贴骨处易走油泛黄，不经久。如今有关火腿问题虽然情形已明白，旧做法有独到处，但是由于新的习惯，上市的或待上市的，还是生产那种"咸肉"似的火腿，为既成局势。事实上不能说是东阳火腿！制法不同哪能有原来风味？小说呢，没有会想到重新用老方法试试看的。

小妈妈，这就是我说的你能"看小说"，可不大懂"写小说"的原因，你什么都好，就是不懂写好小说除人事外还要什么作料，以及使用作料混合作料的过程、火候、温度、时间、环境……写批评的人事实上且更加无知。

你很懂得我的好处，和懂得火腿或别的一样，懂的是"成品"。至于成品是怎么来的，作料如何选择配备，实在不大懂，不好懂。写作中实在大有辛酸！一个优秀作者在某些方面和精密机器差不多。制造出一具灵敏机器，很不容易。花钱再多，并给以各种物质条件，精神鼓励，成就还是有限。要的是另外种种。制作、成功是在千百回失败经验中，才会得出一点点有用结果的。但是接收这种不费半文钱的机器，若不善于使用，不善于保护，毁坏却十分容易。一经毁坏，修复也就相当困难。特别是这种精细复杂机器，一经改装作别的使用后，修复就更加困难了。听个工人说，"一架机器也有机器的脾气"，何况是一个有性格的人？人的"共性"容易理解，也易于运用，人的"特性"却并不易用公式去衡量。人是一个十分复杂的机器，简化他纳入范围容易，就其所长充分加以利用，却不容易。利用还得从理解做起！

天黑后，从高处下望，第一次发现公园里一大片灯光，和星海一样。真是一种奇观。这还是第一次见到。

天老是落毛毛雨。已到了落这种雨的季节。早知如此，倒是提早回来或同过武汉看看为得计。

桂林一行可能有十来首七绝诗可写，想试试变更一种写法，杜甫陆游法，或许有点新意。写山水诗易千篇一律，因为前人古之已多。七绝一引典故，又铺不开，且难于索解，要有点味，语意不尽才可望有新的印象。将试试看。已试成一半，有比上井冈好的，也有不如的。只怕回来大会一开，所有诗情通通冲出九霄云外。

居然夜下来了，多多少少回复到廿九年前在小船上桐油灯下为你写信的心情。只是当时身边不远是三个老少船夫，船却停靠在乱石堆叠的寒江边，岸上只一二家小小茅棚。这种枯寂对于一个用头脑生活的人说来，是有意义的，有作用的，甚至于可说是不可少的，是一种真正消化人生的教育，正如同痛苦失望艰难困顿同样是一种吸取人生教育，对于一个从事写作的人说来，可以由之懂得"人生"二字，懂得什么叫作"枯寂"和"艰辛"，以及其他许多许多事情。如今困守在这个楼上，四围是白净的墙壁，所得实在不多。这么住下去，延长到三个月，若不是发狂，即将是一种完全的改造。神经系统的活动方式也会完全变更过来！最少一天将可以为你写一封长及万言，胡说八道，美妙绝伦的信！或者还可写成许许多多极短的故事，完全自成一格！

不知是否真有此种可能，即有意把自己和一切隔绝起来一定时期，试试能否恢复我的写作能力。也许会有这种可能的。现在唯一不放心处，即心脏偶然的故障，在一种和其他隔绝环境中时，将无可补救。由于不用脑想具体问题，头重已减至极小程度。

我到博物馆看了几天文物，外室看了内室看，楼上看了楼顶看，只差不曾爬进坟里去看。但已近于这样子了。因为每天必从一具高及一丈的大型西汉棺前走过，上楼时，又必须从两具完完整整战国贵族骸骨边前通过。而到得库藏室时，便简直如被由商到明三千年无数座古坟包围了。看了好多有用东西，对于总的认识是十分有益的。有几点过去推测，全被新接触的出土古物证实了。这一个月的出行，真可以说是上下古今通通看到了，比较过去几次参观，得益是格外多的。

上一次从桂林过长沙时，恰和三位吸烟的同一个车厢，真是一种考验。简直无睡觉可能。希望老天爷保佑，这一回不要又是这样过廿八小时。吸烟、玩扑克、听打趣相声，这三种享受我都无福气，培养下去也无希望，因此我事先就老实告诉这里联络处的人说，最好让我坐个无人吸烟的车厢。但是若和个携带小孩的老太太在一处，而祖孙二人总是在吃东西，似乎也不大容易招架！

二哥

原载于《美文》1994 年第 3 期

我说沈从文

王　蒙

作家是靠自己的作品来吸引关注的目光的。作家的命运同样也能令人感叹唏嘘不已。作家的命运有时成了更加富有感染力的作品。不知道这种"命运"是不是一种悲哀。

老舍的"太平湖"的悲剧性超过了《骆驼祥子》。与自己遭际的惊心动魄相比，胡风的理论与创作其实相当平实。丁玲的一生也似乎比她的《选集》更令人心潮难平。沈从文更是如此，他的寂寞和安静似乎也是一种奇异的"艺术创作"。

上小学的时候就知道沈从文很有名。是老师告诉我的吗？但他的作品没有能怎么吸引我。我太渴望革命了。我希图在小说中看到的是地下工作者的散发传单与躲避追捕，是刑场上就义的革命者高唱"起来，饥寒交迫的奴隶"，是大罢工中的抬棺游行，是监狱变成了马克思主义革命理论的学校……当然，沈从文的作品里没有这些。我记得小时候读沈从文的《记丁玲》的失望心情。有什么奇怪呢？就连鲁迅的作品也曾使我觉得缺少革命。

沈从文小说里的那些乡土风光和民俗也难以获得我的认同：

我们那一代人太饥饿了！我们要求革命，我们要求光明、解放、幸福、爱情、英特纳雄耐尔，我们如饥似渴！我们要求的是投入，是献身，是战斗，是牺牲……我们常常没有耐心去倾听言不及义的沈从文。沈从文太从容了吧。

后来说是他很不革命乃至站在革命的对立一边，所以，解放以后他就写不下去了。是谁讲的呢？反正我听到了这样的说法。一个作家写不下去了，真是怪可怜的。

自顾不暇的动荡的二十年过去了。在小小的革人家命的骄矜之后补上了被革的狼狈的一课，心气变得平常了些。然后知道沈从文在海外得到了很高很高的评价。在中国作家协会为欢迎聂华苓而在"萃华楼"举行的宴会上，我第一次与朴实无华的沈从文先生碰面。我只觉得他是平静的小老头儿。

1980年初春，在美国耶鲁大学访问时，我与艾青夫妇应邀到沈先生的妻妹张女士家里吃午饭。沈先生夫妇也正在那里。耶鲁大学的布告牌上张贴着沈先生的两次讲座的预告。一次的题目仿佛是《社会是一部大书》，这个题目不是挺功利的么？另一次的题目仿佛是介绍某个朝代的中国服饰，那就很专门了。而我，即使看服装表演的时候也常常把注意力放在人即模特儿而不是服饰上。

沈从文先生个子不高，谦和质朴，既不俨然，也不凄然，本本色色，没有任何锋芒和矫饰。

我的头发留得过长了。张女士有推子，就为我推了推，剪了剪，然后洗了头。这也是可以引以为荣的吧。

1981年初回国以后听说在咱们大陆上沈先生也越来越热了，又说是外国要给沈老颁发"诺贝尔文学奖"了。终于并没有发，这很好，大家都好。又有好几位青年热心于继承沈先生的道路，沈先生的风格，连给人物起名字也满是"沈"风。然后《边城》啊、《湘女萧萧》啊都拍成了电影。文艺界都说很好，但也不怎么卖座。

　　我听到过一些会议上人们赞美沈先生的"伟大的孤独"，这种赞美想必是有根据的。他们对沈先生的爱戴是很感人的。只是窃以为伟大这两个字太强烈，而孤独二字又太温柔了。如果这样说不准确，至少"伟大"太热，而"孤独"太凉了。真正的孤独又谈何容易？到1987年，就听说有的青年在会议上抢、压麦克风来宣扬"艺术是孤独的""艺术是寂寞的"啦。可见，寂寞和孤独也是可以有"侵略性"的。

　　沈先生相当一段时间住在崇文门西大街社科院的宿舍楼。自美回国后，我去探望过这位前辈一次——我家在斜对过，沈先生饭后散步去了，没见着。不太久，沈先生与《光明日报》的黎丁老哥一道屈尊回拜鄙人来了，鄙人也没在，家里只有个年近九十的姥姥。后来登了报，说是由于领导的关怀，沈老享受了什么什么级的待遇，又当了什么什么委员，迁入新居了。那几年我也是芝麻开花节节高，也搬了。又穷忙。彼此便没有什么交往了。

　　直到后来知道沈先生住院。知道沈先生不幸去世，便赶去看望沈夫人。我那时在任上。在任上屡屡要去追悼吊唁前辈，慰问遗属，也有多次经验听取遗属对于治丧的想法，死后哀荣，对于遗嘱并非可以马虎的，对于后死者，也同样是不可逃避、不可轻忽的一件大事。哪怕死者生前留过"从简"的遗嘱。沈先生的家属在那种情况下也向我强调了他们的意见，不过与别的丧事的遗属要求的导向相反，她们强调的是尊重死者的意见，不搞任何追悼吊唁活动，务必别搞。我答应一定如实向上反映。便这样反映了。

后来在报纸上读到新华社记者郭玲春的报道。说了"寂寞"，说了文名，报道写得很好。

现在又接触到贺兴安同志论沈从文的书稿。我自愧知之甚微，无从叙起。却又觉得能心平气和、实事求是地论一论沈从文，这本身就是种进步，是一种成熟，包括艺术的成熟，批评的成熟，人心的成熟，乃至"政策"上的成熟，终归是要成熟的。我想起去年有幸去过的湘西——怀化、凤凰（沈先生家乡）、吉首、永顺。那里的风光，那种山水的存在是不可能被忘却的。湘西别是一个迷人的世界。进行不进行旅游开发，都无关宏旨。谁能做得到，吹出一个景影或者"晾"干一个景致呢，除非那儿的丘壑本身就没什么成色。

原载于《美文》1994 年第 2 期

黄土的儿子

王安忆

　　去陕北是我难忘的经历。我手里捏着一捆路遥给我的"路条"，然后乘上风尘仆仆的班车，就这么上路了。那是在1990年的初春，陕西电视台正在播放根据路遥长篇小说改编的电视连续剧《平凡的世界》。我们走到哪里都能听见人们在议论《平凡的世界》。每天吃过晚饭，播完新闻，毛阿敏演唱的主题歌响起，这时候，无论是县委书记、大学教师，还是工人、农民，全都放下手里的事情，坐到电视机前。假如其时我们正在与某人说话，这人便会说：等一等，我要去看《平凡的世界》。去陕北的路线，是路遥为我们策划，他说你们先乘班车到黄陵，找到县委书记，然后他会送你们去延安，再到延安大学找到校长，他将安排你们去安塞、绥德、米脂，再北上榆林。他写好一封一封的信，让我收好，意思是有了这些信就不必发愁了。后来的事情证明果然如此。我们到了任何地方，只要出示路遥的信，便无一例外地受到热情的接待。除去从西安到黄陵这一段路程，我们再没有乘过班车，全是由路遥的朋友们用小车一站送一站，接力赛似的。

他们说，"我们不管你是谁，只知道是路遥的朋友，以后你们倘若写信来，只要写上路遥的朋友"。他们中间大多是一些基层的干部，与文学无关，对于他们来说，全世界的作家只有一个，那就是路遥。他们是以那种骄傲又挚爱的口吻说：我们的路遥。

路遥在陕北农家

我去陕北，是和我的好朋友、上海一家杂志社的记者林华同行。像我们这些城市里生、城市里长的人，我们生活在一个再造的世界，我们与自然已经很隔膜，书本是我们的好伙伴。我们特别善于从理论上去了解生活和对待生活，我们把生活也看成是书本那样的再造的自然。这其实使我们损失了许多，这损失主要在于和自然的情感。我们总是通过媒介去和自然发生关系，城市里到处是这一类的媒介，城市本身就是一个大媒介。我们的情感渐渐地变成一种形式，它来源于我们的理性认识，而不是感受。我们的头脑还不错，心却渐渐麻木。当我们闻说陕北的贫困闭塞之时，就对路遥提出这样一个科学大胆的建议：为什么不把人们从黄土高坡迁徙出去？这话其实是刺伤了路遥的心，他呈现短暂的一怔，然后脸上露出温和宽容的微笑，他说：这怎么可以？我们对这土地是很有感情的啊！初春的时候，走在山里，满目黄土，忽然峰回路转，崖上立了一枝粉红色的桃花，这时候，眼泪就流了下来。

后来我们目睹了崖上的桃花，它总是孤零零的一棵，枝条疏朗，那点点粉红几乎要被汹涌澎湃的黄土颜色淹没。黄土上的天空是格外的蓝，似乎专为了照耀这黄土，使这荒凉更加触目惊心。我不明白在这样荒凉苍茫的土地上，为何能迸发出如此娇嫩的粉红桃花。它好像是抽空了生命中所有纯洁如处子的情感，用尽全力，开放了花朵。如果没有路遥的提示，我们不会注意到它，它从黄土与蓝天的浓郁背景上只是轻描淡写的一笔，而它是路遥眼中永远伤及心肺的景色。

我们去到陕西的日子，还是作协里兴起"算命"热潮的日子。这一种热闹景象之下总有那么一股颓唐之气，这是一个令人深感茫然的年头。新时期文学走过最初的蓬勃的道路，来到前不见去路、后不见来路的叫人困惑的中途。我们以真挚单纯的情感为动力的文学的童年时期已经过去，我们有一种感情抽空、精疲力尽的感觉。这又是一个八方来风的时期，世界文学艺术的各种潮流与思想扑面而来，干扰着我们的判断力，平添一股怀疑的空气。陕西作协的"算命"热潮，其实是这个时期整个文学的一个心灵景象。如陕西这样历史悠久、文明古老的地方，算命的方式形形色色，连《易经》这种高深的玄学，都为一般人所普遍掌握，令我们目不暇接。不得已我们也只得亮出两招，来与他们抵挡一阵。我们的算命方式带有洋务派的面目。据称来自弗洛伊德，其实是一种心理测验。我们让被测算的对方迅速报出一只动物，然后报出由此动物所想起的形容词，报完一只动物，再报一只，一直报到三只为止。我们说第一只动物的形容词是你对自己的描绘；第二只动物的则是别人对你的描绘；第三只却是实际上的你自己。我们看出路遥接受这测试是出于不使我们扫兴、带有捧场的意思。他脸上带着温和宽容的微笑，像一个听话的好学生，一一回答我们的提问，然后耐心地等待我们破译。当我们说到第三个动物的形容词其实意味着实际上的自己的时候，路遥不由"哦"了一声，脸上的笑容消失，眼神变得严肃了。我记得路遥第三个想到的动物是牛，他形容牛用了沉重、辛劳一类的字眼。这游戏中还有一个问题，涉及对死亡的态度，我已经忘了路遥的回答。这时候，我们谁也不曾想到，这个问题会真的降临到我们面前。

有一日，我们在当时的《延河》主编白描家，做着另一种算命的玩意儿。推门进来一个人，瘦长的个子，背着手，背微驼，他说："哟，来客人了？"就走到我们跟前。他就是邹志安，他是作协院里众多"神算"中的"神算"。白描见他来，便谦恭地让出位置，让他来解释我们的命。我们的命是像拆字又像破译密码一样从一本书上抄写下来。邹志安是一副权威的样子，一字一句地描绘着我们的前程。算罢，他对我说："你的额头长得好，你的好运全在这额角上了。"他又详细分析了一下这额角的位置，意思是如果失之分毫便差之千里。邹志安给我一个乡间知士的印象，他是那种含而不露的智慧，他心里一切明白如镜，面上却一派憨拙。第二天早晨，邹志安到招待所来敲我的门，说要请我们去吃羊肉泡馍。坐在小吃铺里，我们瞎聊天，问他："您几岁了？"我们上海人问人岁数，无论对方长幼都问"几岁"，显得很不严格，也不规矩。听了我们的问题，邹志安并不做纠正，很恳切地说："我三岁。"紧接着，我们又一次语出惊人，我们说："您五十了吧？"他谦和地微笑道："快了。"后来我们才知道，他其实是六六届高中生，这年四十三岁。他说他当年去上海串联的情景，一下火车就生病被送进医院，他至今还记得护士为他量体温时的那句上海话，模仿得惟妙惟肖：三十九度三！对上海的又一个深刻印象是面包。串联站发面包时，他用裤子扎了裤口去装，装了整整一裤子。他以调侃的口吻说这些，这场面有一种叫人难过的地方，即便是轻浮如我们也笑不出来。他的超过实际年龄的苍老也叫我们沉重，可那时候我们并没想到死亡会来临。吃完羊肉泡馍，他和我一同慢慢走回作协院子。他背着手，就像一个老农。这时太阳升起了，照进院子，照在他的脸上，他微微眯缝起双眼。这个场景一直在我眼前，有一种无声无息的哀伤在冉冉升起。他走在被院墙隔成的阳光的格子里，有一点茫然似的。他与我道了别，又原地站了一会儿，才向他住的那幢楼走去。后来，当他去世的消息传来，我就老想起他站在院子的阳光方格里的情景，这给我一种竭尽全力的印象。是的，竭尽全力。

我们临走的那天晚上，路遥发火了。那是在西影厂食堂里，莫伸请客，也算为我们辞行的意思。饭桌上，不知怎么说起某些前辈经历一生沉浮，到末了却还放不下名与利这两件东西，为他们深表遗憾。说到此时，桌上有一位朋友，指着路遥、莫伸和我这些所谓青年作家说道，你们先别说这些话，到时候你们也会变成这样，这是自然规律，谁也过不去。我和莫伸听了这话，虽有异议却还能保持沉着应对的态度，不料路遥却陡地站了起来，说道："不，你说的不对，人和人不一样！"那位朋友却坚定不移，连声说："就是这样的！"路遥再一次对他说："人和人不一样。"可他不听路遥说，路遥便去扯他的袖子，一定要他听，他说："人和人不一样，我小时候没穿过裤子，这怎么一样？"那朋友就是不听路遥的，只是说："走着瞧吧！"这一回路遥是真的动怒了，他恨不能立刻就证明自己，可是语言显得那么乏力。这是我唯一一次听路遥大声说话，我不能理解的是，这一句类似戏言的假设为什么会伤了路遥的心，他竟会如此激动，而他那句"我小时候没穿过裤子"的似乎有些词不达意的辩白却叫我一直痛心着。在后来的日子，我情不自禁地想到：路遥无法向人们证明这一点了。路遥无法从容走完人生，向人们证明这一点了。他还来不及老，便走了。

据说路遥和邹志安在病重时节都流过泪，表示出不甘心的意思，这真是叫人痛断肠了。他们都是在四十不惑的日子里辞世，远没抵达知天命的年岁。不惑其实是最叫人痛惜的，一切都已明澈如水，什么都骗不了他们。是他们智慧最清明的时候，是他们生命力最富理性的时候，他们正走向通达最深哲理的路途中，走过去，便是真谛。而他们却中途夭折，这带有一种强夺的意味，一种生剥活扯的意味。

我永远忘不了我们行走在黄土沟壑，就像行走在地的裂缝，崖上的桃花在遥远的天空映下疏淡的花枝，路遥的心是如何地被激荡了。我想他其实从来不是在稿纸的格子里写字，而是在黄土上，用他的心血。我想用"文学"这两个字去命名他的劳动是太过轻佻了，那其实是如同"人生"一样艰辛地跋涉。据说，邹志安在临终的日子里，曾经说过，文学这东西对于我，已经是个怪物了。我想他这话实在说得对极了，也伤心极了，这句话其实道出了文学的虚假的真谛。人生是这样沉重压顶，白纸黑字算得上什么？路遥和邹志安相继去世，给文学染上一层哀绝之色。生命就像是一场阻击战，先是祖一辈的倒下，然后是父一辈倒下，现在兄长一辈的也开始倒下了。我们越来越失去掩护，面对着自然残酷的真相，有人已经呕尽心血，我们还有什么理由做游戏？其实这世界原是由荒瘠的黄土凝成，绿地只是表面的装饰。这个世界上装饰是越来越多，将真相深深掩盖。其实，破开绿地，底下是黄土；风刮起黄土，底下还是黄土，路遥，我们都是黄土的孩子。

1993 年 3 月 27 日于上海

原载于《美文》1993 年第 7 期

我的朋友鲁迅

［日］内山完造

内山书店

位于上海公共租界处，一条叫做北四川路的电车行道一直向北延伸，形成了近年来引人关注的越界筑路的问题。电车终点站附近聚集着很多日本人开办的小学、福民医院等大型建筑。福民医院正对面就是魏盛里马路，边上有七栋房子，里边住的都是日本人。我租了右边入口处的两个铺子开了一家店。我在进出口处摆了两个石库门（对开折合门），把小天井（小的中庭）四周的拉门全部打开便于采光，不过里边还是有点暗，白天也要亮着灯。我在电灯下放了一张小桌，又在桌子四周摆了几张长椅和椅子，这就是所谓的聊天场所。哪个客人没事或者累了都可以自由地坐下来，喝杯茶，优哉游哉地看看书，聊聊天。

——《改造》一九三六年

聪明的家伙

众人常云："他真是聪明的家伙啊！"此刻，回首自己的上海生活，我可以毫不客气地向众人宣布："我真是狡猾啊！"其中的缘由请让我详细说明。在经营书店时，我准备停止报纸以外的所有其他广告。因此，连长期交往的合作伙伴——贺岁广告都终止了。以前，我在日文报刊中专设了"新刊介绍"这一栏目，现在，决定用小小的"名著导读"栏目取而代之。更甚的是，我拜托日本报社用大量版面来发表书评，用于广告宣传。这是因为，这种宣传不需要花费一厘一毫的广告费，也能取得百分之百的效果。最初还刊登了眷写版的诱惑信，但不知何时，连这也用"上海漫谈"替换了。只要做广告肯定能达到目的，这是所有日本人的普遍想法，所以说，书评这种广告形式对日本客人而言都是一种投机的做法，于中国客人来说更是一件取巧的事情。可以毫不夸张地说，在中文报纸上根本没有看到广告之类的信息。为什么中国人不在报纸上进行广告宣传呢？以我十七年间在全国各地打着"大学眼药"的旗号来进行眼药销售的经验来看，原因是中国人都很清楚地了解这一事实——商人直接进行广告宣传取得的效果是微乎其微的。话虽如此，这并不代表中国人全盘否定广告的效果，他们是力求寻找更有效的方法。依我看来，中国人非常擅长宣传，这是不可争辩的事实，是我们日本人遥不可及的。

由此看来，与其让我们这些技能拙劣的人宣传，还不如拜托擅长宣传的中国人。于是，中国人开始为我宣传起来。按照规定，宣传材料必须由我提供。但是，因为我仅仅提供了少量的材料，所以当我向对方要求"无论如何请您为我宣传！请您为内山书店做广告"时，对方也是无可奈何。他们让我无论如何提供值得做广告、值得宣传的材料。我向中国人和朝鲜人赊卖书籍，这件事情无形中给他们提供了值得宣传的材料。当时，在上海的日本人开的书店中，面向中国人和朝鲜人开设账户，进行赊账销售的商店除了内山书店以外，没有别家。我做了别人都不愿意干的赊账销售的这件事情慢慢传开了。这不就是免费宣传吗？这真是一个经济实惠的宣传方法啊！我甚至想，被赖账的金额就当成广告费吧！还有一件事情，就是使用少量的报纸页面来进行宣传，这在前面已经提及过。不管是什么，我都要把它变成好的新闻题材。无论好与坏，总之只要在报纸上出现了我的名字，那就起到了宣传的作用。这种想法不只是单纯的狡猾，而是超狡猾。无论有怎样的攻击语，无论有怎样的恶评，无论有怎样的谩骂，我都是心平气和地接受，在心底暗自高兴，因为我的书店可以因此成名了。仔细想来，我这种狡猾的想法简直是对中国老手的蔑视、嘲笑。与鲁迅先生以及众多文化人的交往，以及这些文化人的地位、名誉、声望都被我用于商业广告。在中国的书籍界，我能够为人所知，并不是依靠自己的力量，也不是依靠自己的人格，更不是依靠自己的地位，恐怕是因为鲁迅先生的仙逝。虽然知道这个事实，我却依旧利用鲁迅先生的死。去年十二月初，我被上海市政府警察局行政署日侨办事处监禁了，后来直接被强制归国了。当时，我手头有近两万册的日本书籍。因为很多书籍都是受朋友所托而预存的，所以我非常关心书籍的处理问题。回国后，听说书籍被胡乱处理，我深深地为之感到可惜。但是，前些天上海征用日侨技术员工联络部（上海的日本办事处？）寄来了一封信，内容如下：

关于您归国之际遗留书籍的处理，六月一日当地各报纸上刊登了如下报道：

苏浙皖区敌伪产业处理局存有日商内山完造遗留的很多图书，最近已函请教育部派专员去接管，教育部已命令中央图书馆暂行接收。其中有关国防的资料将由国防部接管。
日商内山完造藏书由中央图书馆接收。

南京三十一日特电

根据以上的报道，可以推测遗留书籍并没有散失，而是由中国当局保存着，所以请您放心。

此外，他们还在信封里装入六月一日的剪报。

战争结束后，十万日本人的无数财产都被没收了，十万册书籍和书画古董也被收藏在旧西本愿寺别院，寺院后改名为和平博物馆，用于保存这些珍贵的物品。不知何时，政府将古董赠送给了南京故宫博物院，书籍赠送给了国立大学的图书馆，而且没有公开发表这个处理决定。我的藏书虽然仅占总数的五分之一，关于它的处理却在上海的各大报纸上以南京电报的形式登载出来。这是为什么呢？因为我巧妙地利用了中国的宣传。当然，这并不是我自己的说明，而是朋友的解剖分析，我只是尽量用准确的语言表达出来。万一这是错误的观点，那也是我用自己的分析来写的。

这样看来，我是一个多么聪明的人。能如此巧妙地利用成熟老练的中国人，手段是多么高明啊！"你确实值得信赖啊！"关于我的自述，就此搁笔。

——《上海·下海》一九四九年

初识先生

我听说从北平被聘任到厦门大学教文学，后来又去了广东中山大学当了文科学长（中山大学文学系主任兼教务主任）的鲁迅先生，对政府残杀俄国归来的留学生们的行为十分愤慨，说是在这种不合理的政府下，还搞什么教书育人的工作，于是愤然离开了中山大学，来到了上海。虽然听说过先生的名字，但是因为没有亲眼见过，所以我们夫妇并不知道先生长什么样。

没过多久，我们的视野里开始经常出现一个穿着蓝色长衫，个子不高，走路很特别，鼻子底下留着黑色胡须，眼神清亮，虽然身形单薄却让人无法忽视的人。这个人每次都带几个朋友一块儿到书店来。有一天，这位先生自己过来了，从书架上取了很多书后在长椅上坐了下来。他一边喝着我夫人沏的茶，一边点燃了烟，然后用清晰的日语对我说道："老板，麻烦你把这书送到宝乐安路景云里××路。"我问他："这位先生，怎么称呼您？"他回答道："噢，叫我周树人就好。"我惊呼起来："啊！您就是鲁迅先生吗？我知道您。我还知道您刚从广东回到上海，不过从没见过，失礼失礼。"我和先生的交往就是从这时开始的。

从此以后，每当先生写东西累了，或者看书倦了都会来我店里坐上一会儿。不久后，经先生介绍，我们又认识了许夫人。日子一天天过去，先生和我们的关系也越来越好，不知道什么时候起，在我们心里已经不把他当客人了。碰上有的客人错把先生当成店里的老板时，先生都会开心得哈哈大笑。

这时候先生总会用日语告诉我道："老版（从这时起，他就开始这么称呼我了），刚刚这人把我当成你了哟。"我每次都是笑笑，感觉很有趣。不过有时候要是碰上一些认得先生长相的学生来店里，发现先生在的话，就会躲在角落里小声地边说着"鲁迅、鲁迅"，边时不时地看向先生在的位置。这时候先生就会无奈地叹一声："唉，又有人开始讨论我了，算了，回家吧。"说着抓起手边的帽子戴上，出门走了。

许夫人因为不会说日语，所以每次说的话不多，不过和我们之间仍然心意相通。

不知不觉十年过去了。这期间，先生身边的危险发生过几次，他倒是显得颇为坦然。

即使国民政府发布逮捕令那会儿，先生也是一副仿佛什么都不知道的样子，和往常一样平静地往来于家里和我的书店。我们都很担心他，劝他道："先生，外面危险呐！您还是去哪里避一下风头吧？"他只是淡淡地说："不用，没关系的。要真想抓我的话，还出什么逮捕令啊？直接暗地里把我抓了岂不更好？出个逮捕令还碍事。"即便如此，我和夫人也还是担心，我俩有时候会拉着先生暂时在店里藏一会儿。

蔡元培、宋庆龄女士、杨杏佛等人成立中国民权保障同盟时，据说是维护民主权利的。然而随着同盟不断壮大，渐渐地成了国民政府的眼中钉。有一天突然传来杨杏佛先生在位于法租界的中国民权保障同盟总部门前被暗杀的消息，先生听到后马上叫了车赶到同盟总部。之后许夫人忧心忡忡地来我店里，等着先生回来。

我记性不好，如今有许多小事都不记得了。现在我再也看不到先生了。在我桌子旁边摆放着"先生的专座"——空藤椅，是先生的遗物，我每每看到总是忍不住流下泪来。

我这人大概生来就没什么情调，从早到晚只知道埋在高高的书堆里。我拼了三五张桌子，平常就坐在桌子前，左手边一个电话，右手握着一支笔，三百六十五天都是这样子。我经常能听到先生笑话我说："老版！行了哟！从早到晚都在工作！你也稍微休息会儿嘛，不然会生病的啊！哈哈哈……"

每当这时候，我也总是回他道："好的，好的。那要不我们就在这里休息会儿吧？"

于是我放下手中的活儿，把椅子掉了个个儿，再沏上一壶茶，就开始和先生聊开了。

我问道："先生昨天是不是到哪儿去了？"

"啊——老版。我昨天去太马路上的卡瑟酒店见了个英国人，他住在七楼的房间里，所以我进了电梯。可是开电梯的伙计好像在等什么人，一直不上去。因为一直没人来，我就催他赶紧送我去七楼，于是这伙计回过头毫不客气地把我从上到下打量了一遍，说：'你给我出去。'我最后居然被赶出来了。"

我说道："啊？居然有这样的事？那个人真奇怪啊。那您后来怎么办的啊？"

"没办法，我只好爬到七楼去见了我要见的人，我们聊了差不多两个小时，走的时候那个英国人送我去坐电梯，正好赶上我之前要坐的那部电梯，英国人对我照顾有加，非常有礼貌。这回我可没被赶出去了，电梯里那伙计一脸惊异的表情。哈哈哈……"

我听后仔细地看了看先生，只见他一头竖直的板寸，脸上留着并不精致的胡须，一身简朴的蓝布长衫，脚上更是随意踏了一双棉布鞋，再加上亮亮的眼睛，这个形象钻进上海最奢侈的卡瑟酒店电梯里，被伙计以貌取人也不算稀奇了。虽说被赶了出来，但是把错直接归在那个伙计身上，好像也有点不妥吧。我倒是觉得那个电梯里的伙计更可怜，忍不住同情起他来。

"老版，《泰山》上映了呢，好像非常有趣的样子，你不去看看吗？我俩应该都不会去非洲山里吧？要不趁机一起看看吧……老版，你知道这是什么吗？这是广东的水果，叫'黄皮'，大概有拇指大小，是蜜柑的一种，不过味道完全不同，有一种特别的香气。"先生总是会告诉我一些稀奇古怪的事情。

"老版，我觉得要是有人欺骗自己的同胞确实可恶，然而要是对外国的强行压迫撒谎就另当别论了，这可绝不是什么不道德的事情。"

我经常被先生这种爱憎分明、言简意赅的话语弄得有些紧张。

有一次我写杂谈的时候，先生说道："老版，你的杂谈可不能光写中国好的一面，那样做的话不仅会助长国人自满的情绪，也不利于革命事业的推进。你这样做，不行，我反对。"我被先生狠狠地"教育"了一顿，只不过我也是个顽固脾气，后来还是没改过来。

仔细回想起来，先生倒是经常无所顾忌地披露中国的现实。不对，应该说先生一直是这样做的。也正因为这样，先生引起了一部分人的反感，这样的情况绝非少数。

然而先生笔下的现实绝非是为了夺人眼球而有意为之，先生也绝不是靠暴露现实获取关注的浅薄之人，总之他并非为了披露而披露，犀利的话语背后其实流淌着无尽的温情。

正如父母对孩子一般，先生对于国人也有着深切的关爱之情。与滚滚热泪一同落下的还有那猛烈的鞭子，披露现实的背后涌动着的是他对国家对人民的大爱之情。可以说他的行为是在对整个中华民族敲响警钟。

我不仅读过先生笔下如鞭子一般犀利的文章，也看到了他满眼热泪的样子。我非常理解他的感受。只不过我虽然心里理解支持他，但也担心这鞭子的力量实在有限。对此，我也只好沉默不语了。

每当我说起类似中华民族历史悠久这样的话或者是一些比较乐观的看法时，先生总是立刻对我说："老版，我不赞成你的观点。现实非常令人悲观。"他直截了当的样子给我留下了非常深刻的印象。

先生曾经痛心疾首地慨叹中国怕是将来会变成阿拉伯那样的沙漠，为了避免出现这样的局面，他必须战斗。在他那双仿佛洞知一切的眼睛里，那一望无尽的蒙古沙漠似乎正在步步逼近。我的眼前不由得出现了这样一幅画面：面朝沙漠站立着这样一个民族，这些人身着寸缕，饥饿难挨，枯瘦如柴的手臂上青筋暴露，他们咬着牙瞪着眼，最后的武器只剩下赤手空拳。漫天黄沙中这一群饥饿悲惨的身影清晰可见。

"老版，我这三个月躺在家里休息的时候想得很清楚了，中国四亿民众其实都得了大病，病因就是我之前讲过的'马马虎虎'！我认为那就是一种随便怎样都行的极不认真的生活态度。虽说造成这种不认真的生活态度的原因里有值得同情和令人愤慨的地方，但是不能因为这些就继续肯定这样一种极不认真的生活态度。然后，我又仔细想了想，日本这样一个有八千万民众的民族，先不说日本人的缺点，我考虑的是日本人的长处。我想日本人的长处就是不论做什么事情都有像书里说的那样把生命都搭上去的认真劲儿。我承认日本人这方面最近有稍稍倒退的倾向，然而即便如此，也无法否定在此之前日本人的这种性格所造就的许多事实。我不得不承认日本人非常认真。这是我对比了中日两个国家的国民性格得出的结论。我想，中国即便把日本全盘否定，也绝不能忽视一件事——那就是日本人的长处——认真。无论发生什么事，这一点，作为中国人不可不学。只不过现在好像不是说这话的好时机，今天就算我喊破了喉咙，怕是也没有谁会听我的，相反会被扣上类似'卖国贼''帝国主义走狗'之类的帽子被人追杀吧。罢了，对于这一点我无论如何都不吐不快，只不过是觉得今天应该说出来而已。等到病快好的时候我一定要说，这事我不得不说。"

呜呼！先生在与重病斗争的同时还在费心找出东亚两大民族的弊病。写到这，我已经不知道还能说什么了。先生不仅仅是一个单纯的文艺家、文学家、思想家，实际上还是为五亿万东亚两大民族指明道路的伟大预言家。

——《改造》一九三六年

相识即朋友

那时听说先生是偕妻子来到上海的，而他的妻子就是他的秘书许女士，可就在不久前还听闻先生尚未结婚。他们相识于五四运动之时，当时先生在北平女子师范学校当讲师，就在运动掀起一股热潮的时候，许女士站在了众多女学生的前面，挥舞着旗帜，英姿飒爽……

先生来到我家，头一句便说："老版，我结婚了哦。"

我便问："怎么会……"

"是和许结的婚，虽然我本无结婚的打算，但大家都撮合我们，最后我也就遂了他们的意。"

"对象不是在北平吗？"

"哦，那是我母亲的媳妇，可不是我的媳妇呢。"先生爽快地答道。

原来中国式的婚姻中男女双方大多未曾谋过面，所以对于男方来说，更多的像是母亲在娶媳妇而并非自己娶媳妇。

在家族制度改革方面，鲁迅先生写了中国白话文运动最早的一部白话小说《狂人日记》，这部小说旨在唤起家族制度的革命，我想他怀揣的这种思想在他那不经意的言语中也有所体现吧。那句话一点儿也不像是刻意说出来的，虽然作为日本人听上去感觉有点儿不自然，但先生本人确确实实是心如其言的。难怪那位所谓的"母亲的媳妇"一次都没来看望过远在上海的丈夫。

后来先生一家突然搬出了景云里，这都是因为背后的一种危险，这危险正逐渐逼近他。

那时先生说想要搬家，我就说那我帮他找找看有什么好的居所。

"形势紧急，没那么多时间慢慢找了。"他一脸严肃地说。

我提议道："那搬到我家来吧。"

"你住的地方有很多中国人出入，不妥。"

刚好我一个朋友住在兴亚院前的拉摩斯公寓，他由于工作调动去了青岛，把房间空了下来。我给先生提议这个地方，他说很好，于是就以我的名义租下了房子，并于当天搬了进去。当时他什么行李都没带。隔壁住的是英国人，相互都不认识。往前两间住的是日本人，但也互不相识。后来由于各种情势的交错，先生的学生被追查，逃到了这所公寓。由于情况危险，保不定会发生什么事，于是先生一家离开公寓到了花园庄旅店避难。当时旅店已没有房间，所以就住进了屋后的一间杂役房，加上孩子，先生一家三口就暂时住在了这样一个鼻子碰鼻子的狭小之地。在这里没有人认识先生，他们一家的日常生活就像是地下秘密活动一样。

诸如此类事情，之后也常有发生，迫于形势，最后只好委屈先生暂住我家三楼那狭窄的地方，就像被软禁监视一样。

——《大陆新报》一九四一年

"爸爸、妈妈、弟弟"

先生与许广平女士是在上海东横滨路景云里结婚的，海婴也大约是那时候出生的。当时许女士住的应该是北四川路的福民医院。我听说分娩好像有些困难，她阵痛了很长时间，最后还是医生用钳子将海婴取出来的。听说生的是个男孩，先生非常高兴，想来也是如此。他每天去产房探望完夫人后，回家路上都会来我店里坐坐，一边喝茶一边告诉我海婴一天天长大的模样。我至今仍然记得，那时他高兴快活的样子，是之前从未见过的。

不久，夫人母子出院。此后，先生一家每年都会去照一张三人的全家福。可惜我回国的时候，一本相册也没能够带回来，所以现在一张照片都没有。那时先生总是说起海婴的成长，他必定是每天都用他那双慧眼，仔细看着海婴长大的。

然而海婴的身体却弱如蒲柳，婴儿时就常常感冒发烧，需要住院。我看许女士抱孩子的方式与日本母亲稍有不同，她的抱法真像是抱着一块宝。我这么对先生一说，他必定会走回许女士身边陪她。那时他的身影看上去十分温柔，跟独自一人走路时的感觉截然不同。我常跟内人说："先生还真是高兴得不得了啊。"不过，有时他也会皱起眉头，说道："哎，孩子可真麻烦。"这大约是因为海婴的体质实在是太弱了吧。然而，随着海婴一天天长大，我时不时就会看见先生手上拿着颜色漂亮的赛璐珞玩具回家，而且手上的玩具还不停地变化着。我跟内人说，从先生手上的玩具便可以直接看出海婴的发育状况，我们就这样满怀兴趣地看着小海婴长大。

根据以上事实，我和内人时不时就笑着猜测说，先生夫妇定是十分宠爱孩子的，他们家里一定是海婴最大。

海婴会走路的时候，先生一来我店里，海婴就会一颠一颠地追过来。那时，他妈妈也一定会跟在他身边。我常常看见，海婴东倒西歪地跑动的时候，妈妈便会弯着腰，嘴里一边唱着"弟弟慢慢慢慢"，一边小跑跟着他。每次海婴来到店里，都会一边喊着"爸爸、爸爸"，一边去爬最喜欢的梯子。虽然梯子很矮，但是海婴不爬到最上头绝不罢休。妈妈总说"危险危险"，海婴就回道"没有、没有"或是"不、不"，怎么也要爬到最上面。然后他会向后仰着头，喊着"爸爸、爸爸"，十分兴奋。那时，先生必定会说"真是难办"，一副幸福的烦恼样。玩了一会儿后，海婴便会说"妈妈回去，爸爸一同去"，说罢一只手牵着妈妈，另一只手紧紧地牵着弯下腰去的先生，先生虽是说着"真是难办啊，难办"，却让海婴走在两人中间，三个人一起向家里走去。我看着他们的背影，觉得真是其乐融融的一家人。

海婴上幼儿园之后的某一天，先生跟我说："今天海婴对我说不想去幼儿园，我问他为什么，他只回答说不想去，弄得我一头雾水。我又是哄又是劝，问了半天，他就指了指自己穿的裤子后边。我一看，里面缝了个日本国旗上的太阳。我把他的裤子脱下来换了之后，他才高高兴兴地去上幼儿园了。"

我觉得先生真是个好父亲，从下面这首诗中便可看出他对孩子的认真：

无情未必真豪杰，怜子如何不丈夫？

知否兴风狂啸者，回眸时看小於菟。

——《图书》一九五六年

风暴来袭

那时，国民党中央党部大肆屠杀学生，就像斩萝卜似的毫不留情。为反抗党部的此种行为，蔡元培、宋庆龄、杨杏佛和林语堂（那时林语堂还不算知名人士）等人共同成立了中国民权保障同盟，开展了诸多活动，在社会上颇为活跃。同盟的宗旨在于维护人类的生存权，其立场非常单纯，颇具人道主义精神。

其实我原本也打算加入该同盟，可是鲁迅先生说："你还是莫加入的好，一旦中日关系恶化，你就可能被当作间谍处理，要慎重啊……"于是我便打消了加入的念头。

时值国民党中央党部无故屠杀中国人的事件在世界各国被相继报道，由于林语堂擅长英文，先生又懂德文，加之宋庆龄、蔡元培大量撰写文章，所以短时间内民权保障同盟的名字已为世人所知晓。

国民党中央党部为打压同盟的活动不惜使出暗招，想暗杀同盟成员来杀一儆百。可就在暗杀对象的选择上颇费了一番脑子。

从地位上来看杨杏佛可能要高于鲁迅，但其影响却很小，在青年人中没什么影响力。当时我接到一个电话，说正是出于这样的考虑党部遂决定选择杨为暗杀对象。

我把这些信息转告给鲁迅先生，他听完后马上动身去了同盟。考虑到危险性，我劝他在我家暂避，可他说"在哪都一样，该来的总会来的"，最后执意去了同盟。许夫人急忙赶来问先生的去处，由于形势紧迫，未能同去。那时候局势相当严峻，但先生得以安全度过此次劫难。

之后也有过类似的经历，他依旧说"该来的总会来的"，然后坦然地出门。

迫于当时的形势，再加上他身体有病痛，于是我把他们一家三口藏在了家里。他们终日不出门，像是被"软禁"了一般。后来事情慢慢平息下来，先生一家也平安无事，而民权保障同盟不知何时解散了。

离开广东中山大学的时候，鲁迅先生就已经明确了自己与蒋介石的相反立场。蒋介石秉承了孙中山的容共政策，鼓励学生留学俄国，给学生以最高待遇，可是后来却推行清党运动，大肆杀害学生。

有段时间人们大力声讨蒋介石的这一欺骗性政治活动的诸多弊病，说如果国民党内部容许这样的政治活动，那党本身也在进行一场欺骗性的政治活动。

蒋介石是浙江人，鲁迅先生也是浙江人，但这不能阻挡两位同乡立场上的对立，他至死都在反对蒋介石和国民党，这一立场坚定不可动摇。

他从广东来到上海不久，当局就发放了逮捕令。那时我不无担忧地说："逮捕令都出来了，这下可危险了。"可他却毫不在意地说："不用担心，没事的，发逮捕令也就是想让我老实安静点儿罢了，如果真想逮捕我的话，应该是一言不发直接过来解决掉我。"

那时先生用笔名在《申报》的自由专栏里发文章，一般不出三天，就被人发现了，于是又改笔名。那个时候是他笔名用得最多的时候，估计有五十七八个。

原稿是绝不能直接发出的，而是经由先生的妻子修改之后再发出。当时论战也相当激烈，其中尤以与创造社、太阳社间的论战为多，而论战的对象有国民党及其他各色人等。每当疲于论战时，先生就会到我那里与我畅谈。

各派人士聚在一起漫谈时也是在我家，这时我定会邀请先生。如果我的注意力、观察力再高那么一点儿的话，就能抓住更多他在漫谈中所说的事情，可现如今，他说过的话大体已模糊了，我亦无法从中汲取什么了。

可以说，有十年时间我都过着与先生同吃一锅饭的生活，可现在却无法捕捉更多他当年的话语，实属遗憾！

——《大陆新报》一九四一年

文学家之魂

倘若以一言来形容鲁迅，我只能说他有着古武士之气概和中国式的血肉之躯，该强硬的时候他绝不妥协。这与郭沫若的性格稍有不同，我与郭有相当深的交情，他主要偏向于政治，所以浑身上下散发着一种政治家的气质，而鲁迅则是纯粹彻底的文学家，文章犀利伸展到一切可能的地方，至死都在拼命伸展抵抗。

先生卧病在床的时候，托我找他时任南京宪兵队长的一名学生来见他。先生说："带他来见我。"那名学生去见了先生，"我来看老师了。"学生没说上几句话就回去了。

不久后先生收到从南京来的一封信，信中言辞恳切委婉，大意如下：

前几日得见老师，激动欣喜之情不胜言表。老师现在卧病在床，而针对老师的逮捕令已发出十年，至今未撤，作为您的学生，我的立场也很尴尬，所以一直想撤销对您的逮捕令，可是如果我现在自行撤销的话，只怕日后您会有所不满，所以特询问您的意思。

那天鲁迅先生又晃悠到我家，说道："老版，今天我可遇上了件十分有趣的事情哦。上次从南京来看我的那家伙居然给我来了封信，言辞恳切委婉至极呀，说是想要撤销对我的逮捕令呢。我可不同意，所以这就来给那家伙回信了。""好不容易撤销了，那不是很好吗？"我问他。他回答说："我的日子也不长了，突然撤销跟了我十年的逮捕令会让我感到寂寞冷清的，所以信中已说明让那家伙不要撤销对我的逮捕令了。"

之后先生的病情愈来愈严重，已到了要选择疗养地进行专门疗养的地步了。须藤医生建议到镰仓疗养，因为东京耳目太多，实在不适合调养身体。我个人觉得云仙还不错，先生肯定会喜欢，于是就预先把房子租好了。

先生本来预计八月一日动身前往云仙，可从南京来了几个探病的，说他病情有所好转，建议他去德国漫游一趟。

后来先生告知我："老版，这次无论如何都不去云仙了，现在那些家伙来让我去德国留学，说为避免蒋的骚扰最好还是去德国。去云仙的话我就成了一个逃兵，也就意味着我输了，所以我是无论如何也不去了。"先生决心已定，只要是他说"不"的事情就绝对没有回旋的余地，虽然略显顽固，但也有一定的好处。

每次说到"藤野先生"的事，先生总是眉飞色舞，饶有兴致，仿佛那些事情已经根深蒂固了一般，而《藤野先生》一文现已收入"岩波文库"的翻译集里。据说先生在北平的时候，书桌前挂有藤野先生的照片，每天在这张照片面前学习，当困意来袭想偷懒的时候看到这张照片就又奋发起来继续学习。每次谈到翻译的事情时他定会强调要把《藤野先生》一文译出来。对于在日本的诸多事情，赞成的赞成，反对的反对，他从来都是态度分明，可是对于藤野先生，总是毫无条件地一并说好，报以百分百的敬慕之情。

对于中国，特别是中国人，他总是毫无掩饰地加以揭露和批判。我在《活中国的姿态》这本漫谈书中写到中国的优点，可对此先生却批评道："老版，这可不行啊。过度的夸奖会让孩子们得意忘形的。书总要起点教育作用，所以还是得从头彻尾地多加批评才是。"我回答说："可是，这确确实实是中国人的一个优点啊。"先生遂又回道："要是我就不会这么写，但因为是老版写的，我也不多说什么了，要换成我，是断然不会这么写的。"语气依然强硬，坚决批判中国人的缺点。

中国人普遍不喜欢《阿Q正传》，因为该书描写了中国国民的姿态，大家都觉得"这是在写我"。而主人公阿Q的性格是中国国民性格的缩影，由于该书毫不留余地加以揭露和描写，以至于有些人看完后要起来抗议。

但是先生并不是为了揭露而揭露，实际上他真的在担心着中国的命运，记得他临终前说过这样的话："中国的未来如同阿拉伯沙漠，国内由于战争在不断地沙漠化，而国外又在不断地加速扩大沙漠化，两个方向都在不断地沙漠化。如果照这样下去的话，中国的四万万民众将被逼到饥饿的战线上，到这时，就不仅仅是中国的不幸了，而是中国全体国民的不幸了。"说出这些话的时候，先生把中国的未来清晰地摆到了自己的眼前，这番话也表明了他的意思，即：中国必须得改变当下的行进方式，这也是对中国的一个全面清晰的剖析。

——《大陆新报》一九四一年

原载于《美文》2013 年第 1 期

作家与手迹

彦火（中国香港）

叶圣陶的严谨与现代

做了四十余年的编辑，在年轻人面前，往往自称为"老编辑"，这个"老"字，并不是指"资深"。"老"不一定是"资深"，"资深"不光指的是"经验"，也包含了学养、深度和厚度。

说起"资深的编辑"，前辈文人中，我首先想到叶圣陶。

记得第一次去拜访叶圣陶老，已是三十三年前的1979年初秋、北京香山红叶尽染的时节，年逾八十五岁、霜雪毛发、皓亮白眉、银白胡子的他，精神仍健旺，侃侃言谈，有条不紊，葆有中国旧时文人的气派和风范。

第一次见面，他便向我表示，他近来阅读当前出版的书籍和报刊的错字、别字不少，这是他过去所罕见的，他还特别提到香港的报刊。

叶老所阅读的报刊和书籍，还包括朋友给他捎去的香港及海外出版物。

叶老忧心忡忡地说，这可要贻误读者啊！

叶老说他在商务印书馆当过校对和编辑。商务出过不少青少年知识读物，如《万有文库》等，还有教科书，都不容许有错别字，否则便会"误人子弟"。

他说，他所身处年代的出版工作，除了编辑外，校对是一项顶重要的职务，所以旧时的出版物，在封面或扉页或版权页上，都注有"校勘者"的名字，以示郑重。

作为一个长期在编辑行业工作的笔者，听罢不禁为之肃然起敬。

其实叶圣陶在1923年当商务印书馆的编辑之前，已有长达十一年的中小学语文教学的经验。

难得的是叶圣陶虽然是一个煦煦学者和作家，但一点也不抱残守缺和故步自封。在中国内地，他是第一个提出"易读法"的人。

他还亲自撰写文章指出："现在大家都忙，挤出点时间来不怎么容易。如果只花半小时光景就能读完一篇，读完之后又觉得有所得，很有些回味，引起了好些联想，这简直是一种享受。"

其实在40年代，他与朱自清便合编了《精读指导举隅》《略读指导举隅》，他强调："就学习而言，精读是主体，略读是补充；但就效果而言，精读是准备，略读才是应用。""略读既以训练读书为目标，自当要求他们速读，读得快。"

速读、易读法，在西方已有逾百年历史，叶圣陶却是最早把这种现代的阅读方式介绍到中国的。

在新文学作家中，叶圣陶是很重视社会效益和读者效应的作家。

他一再强调，在教学上，教师眼中要"以学生为本位"；编辑眼中要有读者，作为一个编辑，在编书前要"为读者着想"；作为一个作者，在"写作之前为读者着想。写作之中为读者着想，写完之后还是为读者着想。心里老记着读者才能凭借写在纸上的文字，把自己的思想和感情传达给读者，和读者交心"。

叶圣陶的主张和言论是很现代的。

话得说回来，叶圣陶之重视社会效益、"为读者着想"，并不是无的放矢，一味追求市场效益和迎合读者的口味。相反地，他是以严谨的编辑态度和严谨的写作态度对待的。他自己便以身作则。

叶圣陶写了不少作品是针对青少年读者的，如《稻草人》《皇帝的新衣》《古代英雄的石像》等童话，都是言之有物、文情并茂，对中年读者来说，是耳熟能详的。

叶圣陶文笔练达，文章结构严谨完整，语言均经精工提炼，他自称后期"斟酌字句的癖习越来越深"，不愧为语言大师。

叶圣陶的《皇帝的新衣》比之安徒生的同名童话，更饶有现实意义。叶圣陶按着安徒生这个故事的情节发展下去，说是皇帝为了维护自己的尊严，明知被愚弄，还一意孤行，颁下法律，不准人们说他没穿衣服，他不但宣布要永远穿一套"新衣"，而且勒令"谁故意说坏话就是坏蛋，反叛，立刻逮来，杀！"并且说这是"最新的法律"。后来事情发展下去，皇帝不但滥杀无辜，就连他宠爱的妃子、大臣也不放过，只是为了所谓说"错话"，便要"正法"，弄到人心惶惶，人人自危。后来"老成的人"，觉得皇帝太过分了，大伙儿便联合向皇帝请愿，衷诚地提出如下的要求：

我们请求皇帝，给我们言论自由，给我们嬉笑自由，那些胆敢说皇帝、笑皇帝的，确是罪大恶极，该死，杀了一点儿也不冤枉。可是我们绝不那样，我们只要言论自由，只要嬉笑自由……

你看这个皇帝怎样回答："自由是你们的东西吗？你们要自由，就不要做我的人民；做我的人民，就得遵守我的法律……"

这则童话，对现实是很大的反讽。

叶圣陶与弘一大师过往甚密，他的书法以清秀脱俗见称，我曾写信向他求一帧墨宝。

一九八〇年夏，叶圣陶托友人捎给我一帧条幅，那是他誊写的稼轩词中《西江月·夜行黄沙道中》：

> 明月别枝惊鹊，清风半夜鸣蝉。
>
> 稻花香里说丰年，听取蛙声一片。
>
> 七八个星天外，两三点雨山前。
>
> 旧时茅店社林边，路转溪桥忽见。

难能可贵的是，九十多岁的老人，仍然写得一手工整方正的小楷，一点也不马虎，"好比一堂谦恭温良的君子人，不亢不卑，和颜悦色"（禅悦），自有一股亲和力。

这首词是辛弃疾贬官闲居江西时的作品，描写的是黄沙岭的夜景。好一幅"明月清风、疏星稀雨、鹊惊蝉鸣、稻花飘香、蛙声一片"的田园风景画！

一九八〇年中国刚开放，相信叶老也为中国崭新形势所鼓舞，所以心情是愉快的，冀望祖国大地展现出一派和平、丰美而欣欣向荣的景象。

茅盾的矛盾

记得一九八一年四月的春风，是乏力的，除了偶尔瞥见几树杨柳，悄悄地抽出鹅黄的芯芽，便是一色残冬的景象，灰楞楞的枝丫，古老四合院灰褐斑斑的檐墙，行人灰蓝的冬衣……这一切都覆罩在冷色调之中。风吹来，也是料峭瑟瑟，仿佛在悲咽……

当我在人民文学出版社朱中英女士的引导之下，步入北京交道口南三条胡同时，周围的一切是冷寂的，这使得我们的步履也迟滞起来。这一天，是四月三日，离中国新文学运动开拓者之一——茅盾先生的逝世，已一个多星期。我们叩着厚重的木门，我的脑海倏地闪现一朵清澈的笑容，但这仅仅是一种痴妄而已，因为开门的是一位缠着黑臂纱的女士，这就是长期来为茅盾搜罗材料，整理笔记，也是儿媳也是秘书的陈小曼女士，她默默地把我们迎进院子左边一间雅洁的客厅。客厅不大，却显得精巧，正中是一张长沙发，两边也各放着一张对称的单人沙发，中央是一张长方形茶几，几上放一个高大而精致的玻璃花瓶，通体透亮，与挂在墙壁上的对联交相辉映。对联是郭沫若题赠的。句云：

胸藏万汇凭吞吐

笔有千钧任歙张

字、句均蕴含磅礴的气势，也蕴含着深长的意念，使我感到空间陡地朗豁起来。

招呼我们的，除了陈小曼女士，还有她的夫婿、茅盾的儿子沈霜（韦韬）先生。

沈霜怀着沉痛的心情向我们介绍茅盾先生晚年的情况，特别是从一九八○年到逝世前的生活和创作活动——

茅盾从一九八○年入冬以后，就开始气喘，身体很羸弱，人也日渐消瘦，体重只剩九十斤。

茅盾逝世前一段日子，哮喘病很严重，但他一直没有辍笔，仍然继续写他的回忆录——《我所走过的道路》。最初他还能颤巍巍地走到与睡房相通的书房创作，后来走不动了，便走到卧床侧的小书桌去写，而每次只能坐十来分钟至半小时。

我虽然没有目睹这一切，脑海中却一直定格着一尊老骥伏枥、坚毅不屈的身影，历久常新。

提起茅盾，我一直感到惋惜和不安。

我做现代中国作家研究，与内地作家直接对话始于1978年内地的开放期。在与我交往的新文学作家之中，茅盾的身体状态是较不好的一位。已逾耄耋之年的茅盾，埋首写他的回忆录——《我所走过的道路》。直到1981年他逝世之前，他只写了此书的上卷、中卷，把未竟的下卷也一起带走。

相信，于茅盾来说，这也是他毕生的遗憾。作为这部回忆录香港繁体版的编者，不免感到惋惜。

其实，我感到最大的惋惜，还是茅盾当了文化部长后，他的旺盛的创作力委顿了，甚至停止了。

据茅盾的媳妇陈小曼女士私下向我透露，茅盾起初原不想当文化部长，他曾向周恩来提出过，说他是一个作家，不会当官，还是让他写他的作品，当时周恩来曾表示同意，后来毛泽东亲自向茅盾提出，说是因为考虑到人事的安排等问题，不得不请他去当文化部长，茅盾才说，既然是整个工作需要，他只好照办。随着行政事务的羁身，例如接待外宾和许许多多的外事活动，他已没有精力继续进行写作了。

回忆年轻时读茅盾的《子夜》，很受感动。这是茅盾描写中国社会现象的滥觞，也是以"工业金融"为题材的都市小说，内容宏大，构思缜密，小说拢括的人物凡一百人，可谓笔力万钧！之后茅盾还写了长篇小说《腐蚀》等，也受到好评。

茅盾后来当了文化部长后，只好把写作撂在一边。

茅盾晚年，把生命余焰全扑在写作上。据陈小曼女士透露，茅盾写作都是亲力亲为的，他不习惯录音和让别人代笔，但除了行政工作外，他平常还要频繁地接待踵门求见的人群，例如题词写字，作者请求给他的作品题书名，杂志请求题刊名，全国大大小小书刊不计其数，连县那级的刊物也找上来，茅盾又因盛情难却，不便拒绝。此外，求见的人还有询问三十年代文坛纷杂的人事的，请求给他们的作品提意见的……纠缠不休，穷于应付。这些事情占去茅盾很多时间，使他不能心无旁骛地专心创作。

我曾向沈霜探询，茅盾先生的两部长篇《霜叶红似二月花》和《锻炼》，都是写于较早的年代，原来打算继续写的，为什么后来却中断了？

沈霜说，《锻炼》写是1948年下半年，主要是反映抗战时期的生活，当时写了二十五章，共十多万字，从未出版过。在"文革"期间，因为有一个时期是靠边站的，沈霜夫妇曾征求茅盾的意见，是否将《锻炼》继续写下去，他当时也有构思过，并且考虑了下面应该怎么写，而且还动笔写了一些，跟着1975年形势有了新的变化（指反对精神污染运动），这桩创作计划，又为其他事务所冲掉了。直到这次患病在医院，茅盾还表示，这次病好了以后，先把回忆录完成，有精力的话，应该把《锻炼》继续写完，"霜叶红似二月花嘛，我看就这样了吧，不想再搞了"。但过了不久，病情急转直下，他已感到自己不行了。

未完成的《锻炼》，后来由香港时代图书公司出版。

与茅盾相识恨晚。我手头收藏的一帧他的墨宝，写于1980年10月，是他逝世半年前写的。

沈霜托人捎我并附函说，这是他父亲近期精神稍好提笔写的条幅，弥足珍贵。茅公的条幅里所写的诗，猜想写于1978年开放之后，诗曰：

榆林港外水连天，

队队渔船出海还；

万顷碧波齐踊跃，

东风吹遍五洲间。

榆林港是海南省三亚市东南部海港，港湾水深浪静，群山环抱，蔚为天然良港、国防要地。兔尾岭位于亚龙湾与大东海之间，紧邻榆林港，清晨掬迎亚龙湾旭日东升，傍晚背送大东海落日余晖，渔舟点点，如诗如画。

茅盾在诗句里，对开放后的中国难掩喜悦之情：眺望万顷波涛，心潮起伏，放眼东风吹遍寰宇，意兴勃发，欣然下笔，充弥喜乐的情绪！

冰心的灵性

每当忆起冰心老人，内心便泛起一份欢忻。

冰心于1999年1月逝世的。我最后一次见到冰心是1998年的初秋。北京八月的阳光最澄亮，惦念着住院的冰心，某天，我蓦地对大型舞蹈《丝路花雨》的女主角裴长青说，你开车，我们一道去探望冰心老人。

去探望冰心当然要带玫瑰花。她老人家最爱玫瑰，巴金于每年冰心的生日都要老远从上海派人捎去一大束玫瑰，她一看到玫瑰便笑呵呵地乐开了。上两次探望冰心，已感到她不大认得人，除非她的家人和如舒乙等这些老朋友还依稀可辨。到了医院大门口，不免有点踌躇。

探冰心不容易，手续繁复，要先通话，待对方亲友认同，才派人来接访客上去，主要是老人家住院已四年，怕闲杂人打扰。小裴跑去老远为我购了一束玫瑰花，我从香港携去一盒西洋参，在医院门口接待处办了探访手续，这一天冰心家人没在身边，由她的保姆下来接我们。

　　见到卧床的冰心，她看到小裴手上的玫瑰花，清癯的脸上漾起一朵笑容。保姆说已经很久没有人送玫瑰花了。

　　冰心鼻子插着一条管子以输进流质的食物，她比以前更瘦小了，因后期患糖尿病，身体瑟缩地弓着像一只大虾米，见状令人心酸！

　　我挨近她的耳畔大声与她说话，她还能听见。问她贵庚？她答说是"八十九岁"，她对自己的生日也记得很清楚。忆起冰心的诗句："我知道了，／时间呵！／你正一分一分的，／消磨我青年的光阴！"有点伤感，但又想起她从不放弃对人间美好事物的孜孜追求，稍稍感到慰安。

　　记得八年前我见到冰心，她刚过了九十岁，精神状态比起任何一个同龄的老年人都要棒。九十岁的老人，还能以毛笔写字、写文章，手一点也不抖；她平常讲话，与人交谈，还是那么有条理、富逻辑，一点也不拖沓、啰唆。她说话不慌不忙，像一条小溪，汩汩流进听者的心间。

　　冰心也有其他老年人的毛病，如她曾经中风、右半身偏瘫、摔跤折断过左胯骨、动过大手术。对于所有这些，她都是安之若素——抱着既来之，则安之的态度。

她中风后偏瘫，曾从零开始，练习写字、学习走路……1981年冬天我去探望她，她刚中风不久，行动维艰，但她表现出来，仍是那么怡然，不像一些人那样愁眉苦脸的。我在那次探访后，曾写了一篇长文，题为《冰心的岁月》，文章的结尾，我援引了艾略特的话："青春不是人生的一段岁月／它是心灵的一种状况／青春不是娇美的躯体和柔唇红颜／它是鲜明的情感，丰富的想象，向上的愿望／和清泉一样净澈洁明的灵性。"

冰心自称，她福州家里曾有林则徐写的一副对联："海纳百川有容乃大／壁立千仞无欲则刚。"

这也是冰心自己的写照。冰心爱大海，人世间一切的卑微、污秽和不安，都将为大海广袤的襟怀所净化。无欲则刚，这也许使她能一直葆有青春的心态和清泉一样清澈洁明的灵性。

冰心是我所见到最快乐的老作家。与老年人交谈，最怕唉声叹气，暮气沉沉，小病说成大病，大病说成绝症，凄凄惨惨戚戚，仿佛全世界的人都在与他作对。冰心之所以快乐，因她远离了那些老年人的陋习。

年纪大，不免想到死。晚年的冰心有一次见到我，倏地对我说，她想起了两句话，可以表达她目前的心境。她跟着在我的拍纸簿上写了两句话："人间的追悼会，就是天上的婚筵。"

老年人对死亡看得那么轻松、坦然，我还未遇见过。当然，其中还包含着她对夫婿吴文藻先生的怀念。吴文藻先她在十多年前逝世，那意味着当她一旦离开人世间，便可以在天国与老伴重逢。

令人感到纳罕的是，吴文藻过去身体一直是很壮健的，相反地，冰心在青年时代，一直是孱弱的，经常要卧躺在病榻上。

我第二次与冰心老人晤面是1989年的多事之秋，我刚巧出差北京，瞅个空隙，作家张洁拉着我去拜访冰心。冰心中风后已痊愈。

她把她的新出版的《冰心文集》题赠给我。

1981年我第一次拜访冰心，她知道我是福建老乡，显得格外高兴，特亲自挥毫，写了一张秀丽的小楷给我。她在信笺上写了四句诗是："海波不住地问着岩石，岩山永久沉默着不曾回答；然而它这沉默，已经过百千万回的思索。"

誊写的正是她的代表作《繁星·春水》的诗句。这是冰心受到泰戈尔《飞鸟集》的影响下写成的。套她自己的话来说，是她"零碎的思想"的记录。后来，她觉得自己那些三言两语的小杂感里也有着诗的影子，才整理成为两本小诗集出版。

冰心这些含蓄隽永、富于哲理的小诗，曾拨动千千万万年轻人久已沉默的心弦，在她的影响下，还促使"五四"以来的新诗，进入了一个小诗流行的时代。

冰心题赠的四句诗，感情真挚深沉，语言清新典雅，给人以回味和启迪。

原载《美文》2015年第1期